VARIÉTÉS.

LA CONSOLATION DU MÉRITE;
ODE.

Si la puissance et le génie
Du ciel sont les heureux présens,
L'histoire prouve que *l'envie*
Les circonvient dans tous les temps.
Heureux celui dont la prudence
Sait, à force de prévoyance,
Eviter ses coups dangereux :
L'aimable et douce modestie
De cette implacable ennemie
Ecarte le souffle odieux.

O vous qui de la Providence
Avez reçu ces dons heureux ;
Que sa noble munificence
Vous rende bons et généreux !
Compagne et sœur de l'ineptie
L'ignoble et basse *jalousie*
Fait en vain siffler ses serpens :
Toujours dans notre docte France,
L'honneur sera la récompense
Des beaux et sublimes talens.

I

Que cette lugubre rivale
De tout mérite éclatant
Partout honteusement cabale
Contre le sage et le puissant :
Vous la verrez, rampante esclave,
De celui même qu'elle brave
Vanter les succès enviés :
Vous la verrez, dans sa bassesse,
Lui faire l'offrande traitresse
De ses éloges méprisés.

Avez vous, pour votre partage,
Reçu le rang et les talens ?
Vous mériterez notre hommage,
Si vous êtes bons, indulgens.
De la méprisable ignorance
Plaignez la stérile insolence,
Ses vains efforts sont impuissans :
Toujours l'esprit et le génie
De l'odieuse et noire envie
Braveront les coups malveillans.

Un mouarque dont la puissance
N'aurait plus rien à désirer
Devrait régner par la clémence
S'il veut dignement gouverner.
Triste appanage de la faiblesse
La vengeance est une bassesse
Qui deshonore les grands cœurs :
Monstres hideux de barbarie
Néron, Caligula, Décie,
Que vous ont acquis vos fureurs ?

Que par sa lâche flatterie
Le dangereux adulateur
Dans sa cruelle perfidie,
Des grands pervertisse le cœur;
Qu'il exagère leur puissance,
Qu'il les pousse à la vengeance
Par ses conseils pernicieux;
La véritable grandeur d'ame,
Cette noble et divine flâme (*)
Pénètre son but astucieux.

E. BRÉBION.

(*) M. *Désaugiers* s'exprime ainsi en parlant de la mort de l'infortuné Louis Seize, d'heureuse mémoire : *La grandeur de son âme, cette flamme céleste et divine, bannit de son cœur la crainte du trépas.* J'ai cru devoir insérer ici cette note, afin d'éviter le reproche de m'attribuer les pensées d'autrui.

Mélange

DE

PENSEES ET REFLEXIONS DÉTACHEES.

> « *Ce que tant d'autres ont*
> *peut-être pensé ; ne puis-je*
> *pas le penser ?* »
> Pascal art. refléxion.

I. Sur quel fondement repose cette exigeance injuste de quelques esprits difficiles qui veulent qu'un écrivain ait une certain âge, une certaine fortune, un certain crédit, un certain nom pour avoir le droit de publier ses pensées ? j'avais cru au contraire que le moyen le plus sûr et le plus honorable d'acquérir de la considération et de la fortunce était la composition de bons ouvrages. *Homère*, réduit à la mendicité, s'est fait un nom immortel par la publication de ses écrits. Quel crédit, quelle considération lui eût acquis sa besace, s'il n'eût fait preuve de ce génie brillant qui éclaire encore les savans de nos jours? *Virgile et Horace* étaient pauvres et sans crédit ; la publication de leurs ouvrages, en les tirant de l'obscurité, les a comblés d'honneurs, de gloire et de richesse ; ils devinrent les favoris des Empereur Romains. Exiger le crédit, la réputation et la fortune d'un jeune écrivain, c'est lui demander ce qu'il a bien le droit d'avoir, mais qu'il ne possède pas effectivement ; il a *jus ad rem* et non pas *jus in re*, selon l'expression de l'école : exiger enfin la considération d'un auteur, qui n'a d'autres protections que ses talens, c'est lui demander ce qui ne dépend pas de lui, ce qui n'est pas en lui , ce qui est hors de lui. C'est à ceux qui possède les richesses , la considération et le crédit qu'il appartient d'en faire part aux personnes de mérite ; c'est là le plus noble usage qu'ils puissent faire de leur fortune et de leur protection.

2. Plusieurs savans ont été honorés de la protection des grands ; d'autres savans au contraire ont eu à essuyer leurs injustes persécutions. Il y a compensation. Si l'on faisait une recherche exacte à ce sujet , l'on trouverait pour résultat que la persécution surpasse de beaucoup la protection. Et , en effet, lorsque les puissans du siècle commencent à protéger un homme d'esprit , c'est alors que son mérite est établi , et qu'il excite l'admiration universelle; dans cette circonstance la protection est aussi honorable aux protecteurs qu'au protégé. L'on dit en proverbe : *qu'il vaut mieux absoudre cent coupables que de condamner un innocent ;* quel danger y aurait-il à admettre en principe qu'il vaut mieux encourager cent esprits médiocres que de s'exposer à persécuter un homme de génie? il me semble que lorsque le mérite est évident et incontestable , il est assez inutile de le reconnaître. C'est alors que les écrivains sont environnés d'obstacles de toute espèce; c'est alors qu'ils sont abreuvés d'outrages par des critiques ineptes et envieux qu'il est juste et glorieux de les protéger. *Racine ,* dégoûté par les menées odieuses de ses *infâmes* adversaires , veut se faire chartreux de désespoir; c'est alors qu'il était convenable et opportun de le protéger. Mais quand son mérite brillant éclaire toute l'Europe ; se déclarer son protecteur , n'était rien autre chose qu'une flatterie ou une action inutile. Convenons donc , en résumé , que , s'il y a compensation dans la protection ou la persécution des grands , à l'égard des gens d'esprit , cette compensation n'est pas adéquate , et que la persécution l'emporte sur la protection.

3. *Sur la différence de l'esprit et du génie.* On peut parler du génie et de l'esprit, sans les posséder ; comme l'on parle de Dieu , sans posséder la divinité, avec cette différence néanmoins que la nature et l'essence du génie et de l'esprit sont bien plus

compréhensibles que les attributs du tout puissant. Voilà mon excuse. La différence qui se trouve entre l'esprit et le génie est si grande que ce n'est pas assez de dire , que le génie peut être comparé au soleil , et l'esprit à la lune.

Le feu du génie a non seulement le pouvoir d'échauffer et d'animer , l'on peut dire de lui qu'il a la puissance créatrice. Et en effet , où les grands hommes ont-ils trouvé les exemples de ces ouvrages sublimes qui n'ont jamais eu de modèles qu'eux mêmes ? les *Homère* , les *Virgile* , les *Horace* , les *Bossuet* , les *Corneille*, les *Racine* , etc. ont-ils reçu de leurs pédagogues le génie sublime qui fera à jamais l'admiration du monde savant ? non sans doute : eh ! qui connaît les pédans qui furent les maîtres des grands hommes que je viens de citer ! cette réflexion fait naître l'observation que le don du génie *est humainement* incommunicable , et qu'il émane immédiatement du ciel ; ce qui , en d'autres termes , signifie que l'origine du génie est céleste.

Une réflexion soutenue prouve qu'au contraire l'esprit est susceptible , non seulement de développement , mais encore d'acquisition. Le génie , toujours existant dans le sujet , n'est susceptible que d'un perfectionnement plus ou moins parfait. J'explique ma pensée , qui pourrait paraître obscure à certains lecteurs. Celui , par exemple , qui n'aurait pas de génie , ferait de vains efforts pour l'acquérir , par la raison que le génie ne s'acquiert pas ; mais à force de travail et d'étude il parviendra à perfectionner son esprit à un certain point qu'il approchera du génie ; ce sera le cuivre bien écuré qui imitera l'or véritable , sans pourtant en être ; j'aurais beau vouloir imiter *Corneille* , dans le sublime , *Racine* , dans le tendre , *Crébillon* , dans le terrible , mes efforts seraient superflus , parceque je n'ai pas le génie de ces grands hommes ?

Le génie suppose la perfection , dans son genre , l'esprit n'atteint qu'un certain perfectionnement : l'esprit n'est qu'imitateur, le génie est créateur. Le génie est *ordinairement* exclusif en ce sens qu'il n'excelle que dans un seul genre. Hors le sublime , *Corneille* dans ses tragédies n'était rien au-dessus du médiocre; hors les fables et le conte, *Lafontaine*, était un grand enfant; hors les *Hymnes Latines*, *Santeuil* n'était qu'un extravagant; hors la musique et la poésie légère, *Lully* n'était qu'un affreux libertin; mais, dans leur genre respectif, les grands hommes que je viens de citer n'ont été égalés par personne; et ceux qui ont voulu les imiter n'ont fait que signaler la distance immense qui les sépare de leurs illustres modèles.

Il résulte de cette observation, fondée sur l'histoire et sur l'expérience, que le génie, même le plus brillant, n'exclut pas toute espèce de médiocrité, et peut sympathiser avec plusieurs imperfections; *Boileau-Despréaux* eût été un très-médiocre avocat, *Massillon* un très-mauvais poëte.

L'esprit est beaucoup plus universel que le génie: aussi voyons nous des esprits, assez médiocres d'ailleurs, qui réussissent dans de certaines sciences; comme la poésie, l'histoire, la théologie, la jurisprudence, etc. Il est beaucoup moins rare de trouver des hommes d'esprit qui réussissent passablement dans de certains genres, que de trouver un homme de génie qui excelle dans un seul genre; la terre est couverte de gens d'un certain esprit; les hommes de génie sont si rares que les doigts des mains suffisent pour les compter.

4. Dans l'ordre de l'appréciation, le génie passe avant l'esprit, mais la vertu a le pas sur l'un et l'autre. Ce qui honore le plus un homme, c'est qu'il soit vertueux, et religieux par conséquent. Viennent ensuite le génie et l'esprit. Quant à ceux qui n'ont ni vertu, ni génie, ni esprit, s'ils veulent obtenir quelques considérations sur la terre, ils sont bien avisés s'ils songent à devenir riches et puissans.

5. Passons quelques médiocrités à celui qui possède un génie véritable. Pardonnons à *Boileau* qu'il n'ait point été un historien distingué, à *Fléchier* qu'il n'ait point été un théologien profond, à *Bossuet* qu'il n'ait point été grand poëte. N'est-ce point assez qu'ils aient excellé dans leur genre, où ils furent inimitables.

6. Les extrêmes se touchent. L'on a remarqué que le génie et la folie avaient quelque ressemblance dans le caractère extérieur.

Distractions extravagantes , préocupations excessives , dispa-
rates ridicules , crédulité d'enfant , et tant d'autres rapproche-
mens dont l'énumération paraîtrait ici autant fastidieuse que
déplacée.

7. Tout ce qui est positif n'est qu'une partie accessoire du
génie , mais ne le prouve pas. Un savant pourrait posséder tous
les poëtes illustres; il pourrait savoir , par cœur , toute l'écriture sainte , sans être un homme de génie ; ce ne serait qu'un
homme extraordinaire. Le génie ne se prouve que par des pro-
ductions originales , imprimées ou non imprimées.

8. Les caractères principaux du génie sont un discernement
exquis , fin et délicat ; une mémoire heureuse , une imagination
brillante , mais réglée ; une pénétration profonde , un goût sûr
et épuré , des sentimens généreux , des pensées nobles et sublimes , un courage ferme et inébranlable , un cœur sensible et
compatissant ; tels sont les indices caractéristiques du véritable
génie.

9. Le génie échappe ordinairement aux regards du peuple ,
et ne jouit pas de la considération des personnes envieuses , qui
sont toujours en très-grand nombre. *Labruyère* a remarqué que
parmi les personnes d'un même état et d'une même profession
les talens ne produisent ordinairement que la persécution , la
haine et l'antipathie. Le peuple n'admire que les charlatans qui
savent lui en imposer par des dehors avantageux. *Vantouzelle*
avec quelques chansons populaires qu'il chante assez ridicule-
ment ; avec *Malbroug s'en va-t-en guerre* , *M. de la Palisse* ,
et autres bêtises semblables; à l'aide de quelques lieux communs
qu'il débite avec emphase , passe pour un homme d'esprit chez
les sots et le partisans; tandis que *Dorcas* dont le mérite modeste
est incontestable, passe pour un conteur de sornettes auprès des
mêmes personnes. Le génie et l'esprit ne trouvent pas leur
compte avec les ignorans et les gens prévenus ; ce n'est qu'auprès des personnes de mérite et non intéressées qu'ils jouissent
du crédit et de la considération qui leur sont dus.

10. Il n'y a point sur la terre d'homme si sot qui n'ait pourtant une certaine dose d'esprit.

11. Les pauvres enrichis, les roturiers ennoblis, les petits esprits qui ont remporté de petits succès sont les êtres les plus insolens, et les plus dédaigneux de la terre.

12. La modestie est inséparable du génie, au point qu'elle forme son principal caractère ; cette observation est tellement vraie que chaque fois que je rencontre un personnage dont le maintien est suffisant, j'en conclus toujours que c'est un sot ; et je ne me trompe jamais.

13. De même que l'or est renfermé dans le sein de la terre, de même que les pierres précieuses sont cachées dans quelque corps grossier ; de même le génie est souvent voilé de quelque défaut apparent qui le fait méconnaître de la multitude : il n'y a que les connaisseurs qui savent le deviner et le découvrir.

14. Il y a génie et génie, comme il y a vertu et vertu ; il y a de grands génies, il y a de petits génies, comme il y a de grandes et de petites vertus. *Molière* savait tourner en ridicule les travers des hommes; *Fleureston* excelle dans le maniement des armes ; *Saltimband* fait jusqu'à seize entrechats dans les airs, et *Violond* joue de la musique à faire danser les chênes de la forêt.

15. Chaque espèce de génie a son caractère particulier d'originalité et de perfection. *Bossuet* est sublime et profond, *Fléchier* est pur et élégant, *Massillon* est touchant et onctueux.

16. Le génie suppose toujours la perfection dans son genre ; l'esprit n'atteint qu'un certain perfectionnement.

17. D'après l'idée que je me suis faite du génie et de l'esprit, il me semble qu'on peut dire que le génie gagne en profondeur ce que l'esprit gagne en superficie ; c'est pourquoi le génie n'excelle souvent que dans un seul genre, parcequ'il l'approfondit, tandis que l'esprit peut s'occuper de plusieurs objets à la fois ; mais il n'en approfondit aucun. Cette comparaison que je viens de faire, entre le génie et l'esprit, fut faite autrefois entre les Anglais et les Français : l'on a dit que les premiers gagnaient en profondeur et les seconds en superficie : je trouve cette observation fort juste, autant que j'en puis juger.

a

18. En fait de génie et d'esprit, le nombre des ouvrages ne prouve rien ; quelques pages tracées d'une plume véritablement éloquente, quelques réflexions solides et profondes suffisent pour établir la preuve de l'existence du génie et de l'esprit. *Anacréon*, par quelques vers enjoués, a mérité de vivre dans la postérité la plus reculée.

19. Les petits ruisseaux font les grandes rivières, les petites brochures font les gros volumes. L'auteur de cette réflexion publierait des ouvrages plus volumineux, s'il avait plus de fortune et de crédit ; il en a annoncé qui ne peuvent voir le jour, maintenant, pour la raison précitée.

20. Un auteur faible, qui n'a d'autres protecteurs que ses talens, qui est pauvre, persécuté, méconnu, a fait un grand pas vers une excellente réputation, s'il est parvenu à sortir du ridicule ; si ses ouvrages sont loués des connaisseurs, approuvés des journaux, applaudis par ses adversaires, assurons, sans crainte de nous tromper, qu'ils sont bons ; qu'ils sont excellents.

21. L'esprit n'est pas incompatible avec le génie ; mais il ne prouve pas toujours. On peut aussi rencontrer des hommes de génie qui n'auraient pas d'esprit ; de ce nombre furent *Corneille*, *Lafontaine* et *Santeuil*, etc.

22. Si le style n'était qu'une vaine symétrie de mots employés avec art, d'une manière propre à flatter les sens, il ne prouverait tout au plus que le bel esprit ; mais comme l'essence d'un style véritablement beau, réside dans la profondeur des pensées et l'élévation des sentimens, il suit que le génie peut seul produire un beau style.

23. Là où il n'y a point de vivacité, il ne peut y avoir de génie ; la vivacité vient du feu, et les véritables talens sont produits par le feu du génie. La vivacité et la rapidité du style sont des preuves de génie : c'est le principal mérite de *Tacite*.

24. Au premier apperçu on s'étonne pourquoi tous les hommes instruits, j'entends ceux qui ont fait leurs études classiques, n'écrivent pas avec cette facilité, cette pureté, cette harmonie,

cette élégance qui paraissent avoir si peu couté aux grands hommes ; mais quand l'expérience vient nous prouver , par le fait , que les meilleurs esprits dont le monde s'honore, n'ont ni naturel , ni agrément , ni justesse dans leurs expressions , l'on commence à soupçonner que l'existence d'un beau style serait bien un des principaux caractères du génie.

25. Un style facile prouve d'heureuses dispositions ; mais il ne prouve rien au delà. On peut facilement composer de la prose détestable , et des vers ridicules. Quoique la facilité du style soit essentielle , l'éloquence en fait seul la perfection. L'essence du pain c'est le froment ; son excellence consiste dans sa façon plus ou moins parfaite. Voilà une comparaison simple qui peut aider à faire comprendre mon idée.

26. Dans le genre familier , dans la poésie légère , il suffit que le style soit facile , naturel et enjoué ; dans le genre sublime le style doit être élevé , plein de force et de noblesse ; les idées qu'il exprime doivent être grandes , et exprimées avec dignité.

27. Comme en toutes choses les extrêmes se touchent, il est à remarquer que le style qui aujourd'hui rampe dans la boue est le même qui, demain se perdra dans les nues , où nulle conception humaine ne pourra l'atteindre.

28. Ne savoir parler , ni écrire sa propre langue est la preuve la plus complette du défaut de génie et de l'absence de l'esprit pour ceux qui ont fait leurs études.

29. Le bel esprit n'est qu'une copie imparfaite , qu'une singerie du bon esprit. Le bel esprit est au bon esprit ce que le cliquant est à l'or véritable. *M. Drolet* est un bel esprit ; M. de *Bonald* est un bon esprit. Bien des gens se font gloire d'être appelés beaux esprits ; quant à moi je rougirais beaucoup de m'entendre appeler un bel esprit. Immédiatement après le sot, le bel esprit paraît en tour de rôle.

30. J'ai mes raisons pour croire qu'il est plus facile à un bon général d'emporter une ville d'assaut qu'à un bon auteur de réussir par la publication d'un bon ouvrage. Une ville prise d'assaut établit la réputation d'un général ; chacun s'empresse d'y ap-

plaudir ; un bon livre n'enfante souvent que des critiques , qui
ne comprennent pas , qui comprennent mal , ou ne veulent pas
comprendre , et parlent contre la réclamation de leur conscience.

31. En fait d'ouvrages d'esprit , on appelle *Pastiche* , une
compilation de pensées d'autrui qu'on veut faire entendre être de
soi. Le dictionnaire anecdotique de *M. J. B. B.* et une véritable
Pastiche. Un ouvrage fort de citations , indiquées avec soin et
scrupule n'est pas une *Pastiche;* c'est au contraire une production
humble et modeste qui prouve l'érudition de son auteur, puisqu'il cite des autorités étrangères qu'il aurait pu remplacer par
ses propres œuvres.

32. Le génie est l'ineptie sont antipathiques ; rien ne me
paraît plus naturel ; l'envie qui s'attache aux talens , la jalousie
qui s'attache à la personne sont les deux élémens qui constituent
la haine des sots contre les gens d'esprit.

33. La médiocrité , dans un homme de génie , est attribuable
au défaut de travail ou de goût ; je veux dire *d'inclination*. Dans
un homme inepte, la médiocrité est naturelle et innée ; voilà la
différence que j'y trouve.

34. Tout ce qui est écrit avec le sentiment d'une conviction
profonde porte avec soi le caractère d'une touche mâle et vi-
goureuse ; les hommes justes , les appréciateurs disent d'un ouvrage de cette espèce qu'il est écrit avec force ; les envieux et
les critiques disent au contraire qu'il est écrit avec impertinence
et arrogance.

35. Le supplice le plus cruel pour un homme de génie , ce
serait celui de l'obliger de vivre au milieu , et avec les sots.

36. A ceux qui veulent se ruiner promptement et ridicule-
ment je conseille de faire imprimer de mauvais ouvrages. Les
frais de l'impression sont ruineux , les ouvrages médiocres sont
ridicules ; c'est le moyen le plus sûr d'atteindre bientôt leur
but.

37. Persécuter l'esprit et le génie, grande maladresse , impolitique, impardonnable. On peut dégrader un homme de son

rang , on peut le faire déchoir de sa noblesse , le renvoyer à la roture ; on peut même flétrir la vertu par le vice ; mais le génie et l'esprit sont indestructibles de leur nature. Les ordonnances et les décrets n'ont pas le pouvoir de faire un sot d'un homme d'esprit. La vertu est facile à perdre , le vice qui lui est contraire la détruit ; mais pour le génie et l'esprit ; ah ! ils sont inamissibles ; ils vivent même après leur destruction temporaire ; le bronze et le marbre , l'or et l'argent s'empressent , sous mille formes diverses , de perpétuer leur existence et leur mémoire.

38. Les meilleures lectures peuvent bien perfectionner l'esprit; elles servent à peine à développer le génie.

39. Dans tous les temps et dans tous les pays, les hommes de génie et d'esprit se sont recherchés , se sont aimés , se sont fréquentés ; ici l'exception a lieu et c'est la rivalité qui occasionne cette exception.

40. Les *grands* s'honorent et se respectent eux mêmes en honorant et respectant le mérite. Je vois un puissant seigneur qui traite d'égal à égal un homme de génie et d'esprit; il lui parle familièrement, il l'embrasse en l'abordant et en le quittant; il lui presse souvent la main ; il l'appelle son ami. Le seigneur dont je parle est un homme de génie et d'esprit; c'est un digne appréciateur du vrai mérite : s'il n'eût été qu'un sot, il n'aurait pu apprécier, ni honorer ce qu'il ne connaissait pas.

41. Toutes les grandeurs sont rivales, dit un excellent proverbe; aussi l'histoire prouve-t-elle que les princes et les potentats les plus illustres se sont fait un devoir de protéger le mérite; au point de traiter les grands hommes comme leurs égaux. *Aléxandre le Grand* avait toujours un *Homère* sous le chevet de son lit ; il ne parlait du chantre harmonieux d'Ulysse qu'avec une vénération profonde. *Horace* et *Virgile* vécurent à la cour de l'Empereur Auguste dans l'intimité de ce grand prince. Il les appelait ses amis, et les traitait comme tels. « *Horace* et *Virgile* » mangeaient souvent à la table d'Auguste , placés à ses côtés. » Le premier avait une fistule lacrymale , et l'autre l'haleine » fort courte. Auguste, en plaisantant là-dessus , disait quelque-

» fois : *Ego sum inter suspiria et lacrymas.* — *Me voilà entre*
» *les soupirs et les larmes.* » SUÉTONE. *François premier* avait
pour les savans une si grande estime , qu'il leur faisait rendre ,
par les gens de sa cour, le même honneur qu'aux princes du sang.
Louis le Grand fut le protecteur éclairé des hommes de mérite ;
il les faisait chercher avec grand soin , et quand il les avait dé-
couverts , il les comblait d'honneurs et de biens. *Boileau et Racine* avaient leur entrée libre au palais de ce grand roi. *Racine*,
nommé gentilhomme de la chambre , couchait dans la même
pièce que le roi et s'entretenait familièrement avec lui. La reine
Elisabeth d'Angleterre , cette princesse dont la mémoire est
illustre, parmi les habiles politiques, était la protectrice des talens
de tous genres ; elle excitait l'émulation des gens d'esprit par
des faveurs signalées , et de magnifiques récompenses. Elle avait
pour les grands écrivains une telle vénération qu'elle approchait
du culte. Les ouvrages *d'Homère*, *d'Horace* et de *Virgile* étaient
reliés avec autant de richesse et de goût par les ordres de cette
célèbre princesse , et servaient d'ornemens dans son palais. Elle
avait une prédilection particulière pour *Virgile* dont elle avait
fait relier les œuvres en plaques d'or , enrichies de pierres précieuses aux quatre coins du volume. *Elisabeth* ne se contentait
pas de protéger les savans ; elle cultivait elle-même la littérature
avec succès; elle publia même plusieurs ouvrages, entr'autres une
traduction *d'Horace*. Elle dit un jour au fameux comte *d'Essex*,
en lui montrant une petite statue de *Virgile* qui était sur sa che-
minée : « *je donnerais toutes les couronnes de la terre , pour celle
de Virgile.* » Le *Grand Frédéric* de Prusse fut encore un protecteur illustre des savans et des hommes de mérite ; il appela de la
France *Maupertuis* et *Voltaire* qui furent comblés de ses royales
faveurs ; enfin *Louis dix-huit* , dernier roi de France , honora
les littérateurs et la littérature d'une manière toute particulière.
Ami passionné des belles lettres qu'il cultivait avec un rare
succès , *Louis dix-huit* eût été un écrivain distingué , s'il n'avait
été un grand Roi. Répétons , en terminant cet article , ce beau
proverbe ; *que toutes les grandeurs sont rivales* ; grandeur de

vertus, grandeur de naissance, grandeur de dignités, grandeur
de génie et de mérite vous êtes rivales ! c'est à dire que vous êtes
égales ; traitez vous donc comme des égales et surtout comme
des amies ; prêtez vous un mutuel secours et que *l'humanité* se
ressente de votre heureuse intelligence. O vous, littérateurs courageux et distingués ! qui compromettez votre repos et votre
tranquillité pour la gloire de votre pays, que votre esprit se
repose sur cette pensée consolante : *si vous avez d'ignobles
persécuteurs, vous avez d'illustres protecteurs.*

42. On reproche souvent a ceux qui cultivent les belles lettres
et les sciences de rechercher la fréquentation des palais et des
châteaux. Pour être juste, il faut convenir que ce reproche a un
certain fondement; mais quand on réfléchit que c'est dans les
palais et dans les châteaux qu'un homme de mérite rencontre le
bon goût, l'appréciation, le bon traitement, la protection et
l'encouragement, dès lors il n'est pas surprenant, qu'un homme
de génie préfère les châteaux où il est apprécié, aux cabanes,
où il est méconnu et insulté.

43. L'erreur du peuple, relativement aux hommes de génie,
consiste en ce qu'il s'imagine que les grands hommes ont un
extérieur imposant, des dehors brillans, une conversation soi-
gnée, tandis que ce qui distingue l'immense majorité des hommes
de génie, c'est une mélancolie douce, effet naturel de la réflexion, qui se peint sur leur figure ; un extérieur modeste, un
silence réfléchi, une conversation ; interrompue par une multitude de pensées qui affluent dans l'imagination d'un homme de
génie. Les esprits médiocres ont plus de loisir pour soigner leur
extérieur et leur conversation voilà pourquoi le peuple est
trompé par des apparences illusoires. Quelques exemples que
j'emprunte à un excellent observateur, à *Labruyère,* serviront
à prouver la proposition que j'ai avancée. « Figurez vous un
» homme qui paraît grossier, lourd et stupide ; il ne sait pas
» parler, ni raconter ce qu'il vient de voir ; s'il se met à
» écrire, c'est le modèle de bons contes ; il fait parler les
» animaux, les arbres, les pierres : tout ce qui ne parle point :

» ce n'est que légèreté , que naturel, qu'élégance que déli-
» catesse dans ses ouvrages. » Il s'agit ici du bon *Lafontaine* ,
de l'inimitable *Lafontaine*.. !!! Un autre est simple , d'une
» conversation ennuyeuse ; il prend un mot pour un autre , il
» ne sait pas lire son écriture ; mais s'agit-il de peindre les
» grands hommes et les héros, il est plus grand qu'eux ; il n'est
» pas au-dessous *d'Auguste* , *de Pompée* , *d'Héraclius*. »
L'homme dont on parle ici est *Corneille* , le grand Corneille !!!
« Voulez-vous un autre prodige ? concevez un homme crédule,
» badin , puéril , volage ; un enfant en cheveux gris ; mais
» permettez lui de se recueillir , ou plutôt de se livrer à un
» génie , qui agit en lui , j'ose le dire à son insu : quelle verve !
» quelle élévation !! quelle latinité !!! » c'est *Santeuil*, LA-
BRUYÈRE, *t.* 2 , *p.* 147.

44. Ceux qui persécutent le mérite , non seulement n'ont pas
de mérite ; mais ne sont pas appréciateurs du mérite ; à moins
toutefois que la rivalité ne les aveugle. L'on a vu, en effet ,
les meilleurs ouvrages des grands écrivains , méprisés par des
rivaux envieux et superbes. De ce nombre sont *le Bourgeois-
Gentilhomme* de Molière , la neuvième satyre et la neuvième
épitre de *Despréaux*, la *Phèdre* de *Racine* , etc. etc. etc

45. Les puissances du siècle ne protègent pas toujours les
talens ; c'est la preuve qu'il n'en ont pas , et qu'ils ne savent pas
les apprécier. « Sentir le mérite , a dit un grand homme , et
» quand il est une fois connu , le bien traiter , deux grandes
» démarches à faire tout de suite et dont la plupart des grands
» sont fort incapables. » La réflexion suivante du même auteur
n'est pas moins judicieuse ; « bien des gens vont jusqu'à sentir le
» mérite d'un manuscrit qu'on leur lit , qui ne peuvent se dé-
» clarer en sa faveur , jusqu'à ce qu'ils aient vu le cours qu'il
» aura dans le monde par l'impression, ou quel sera son sort
» parmi les habiles. Il ne hazardent pas leurs suffrages ; il
» veulent être portés par la foule et entraînés par la multitude :
» ils disent alors qu'ils ont les premiers approuvé cet ouvrage
» et que le public est de leur avis. » LABRUYÈRE , t. 1 , p. 97.

46. Une vérité digne de méditation pour les petits , comme pour les grands , c'est bien celle-ci : le génie dispose de mille ressources dont les hommes ordinaires sont dépourvus. Le néant devient fécond sous sa plume créatrice. Pour peu que j'aime mes intérêts j'aurai garde d'offenser un homme de génie ; et, autant que possible je me rangerai sous sa bannière.

47. Une petite vengeance des petits esprits c'est de dire d'un homme de mérite : *il a des talens ; mais il le sait bien.* Savoir qu'on a des talens , l'apprendre à ceux qui l'ignore , en faire ressouvenir ceux qui seraient tentés de l'oublier , ce n'est pas avoir de l'orgueil; c'est se respecter. M'entendez-vous *M. Delon?* plut à Dieu que vous connussiez votre médiocrité; vous seriez plus sobre de vos mauvaises applications.

48. Terminons nos réflexions sur l'esprit et le génie par deux citations , bien capables de faire impression sur de bons esprits.
« Tout le monde s'élève contre un homme qui entre en réputa-
» tion; à peine ceux qu'il croit ses amis lui pardonnent-ils un
» mérite naissant ; une petite vogue qui semble l'associer à la
» gloire dont ils sont déjà en possession. L'on ne se rend qu'à
» l'extrémité et après que le prince s'est déclaré par les récom-
» penses ; tous alors se rapprochent de lui , et de ce jour là
» seulement il prend son rang d'homme de mérite. LABRUYÈRE,
» *t. 2 , p.* 147.

Cette pensée de *Labruyère* a besoin d'être modifiée. Il est très-vrai que l'on attend le plus tard qu'on peut à reconnaître le mérite et à le bien traiter; celui qui s'élève semble faire injure à tous ceux qui ne s'élèvent pas , et ne peuvent s'élever : mais quoique les puissans du siècle se soient prononcés en faveur d'un homme de mérite; que tous le reconnaissent , comme tel ; ceux qui se sont prononcés *ouvertement* contre lui , n'auront jamais le courage de se dédire ; un égoïsme brutal les fera persévérer dans l'injustice.

« Il y a une sorte de hardiesse à soutenir la honte de l'érudi-
» tion devant les sots , dit encore l'auteur que je viens de citer.
» L'on trouve chez eux une prévention toute établie contre les

3

» savans, à qui ils ôtent les manières du monde, le savoir-vivre,
» l'esprit de société , et qu'ils renvoyent ainsi dépouillés à leur
» cabinet et à leurs livres. Comme l'ignorance est un état paisi-
» ble qui ne coûte aucune peine , l'on s'y range en foule , et elle
» forme à la ville et à la cour un puissant parti qui l'emporte sur
» celui des savants. LABRUYÉRE, t. 2 , p. 127.

Une chose qui m'étonne et m'a toujours étonné , c'est le mépris que certains esprits dédaigneux affectent contre les savans.
Vraiment , ceux qui accusent les savans de manquer de savoir
vivre , ont belle grâce de leur adresser un pareil reproche !
comme si l'expérience ne prouvait pas journellement que cette
politesse délicate et affectueuse est l'appanage d'un esprit cul-
tivé !

49. *Sur la société et la politesse.* La science la plus nécessaire
our réussir dans la société , c'est la connaissance du cœur humain. Celui qui ne connaît pas le cœur humain est un étranger ,
qui vit avec des étrangers.

50. Dans la société, le défaut de discernement et de générosité
est la cause de toute impertinence et de toute balourdise, comme
le défaut de vertu est le principe de tous les crimes , dans les
autres circonstances de la vie.

51. Se bien comporter en société c'est , en soi , une chose
peu importante , qui indique cependant l'existence de plusieurs
qualités précieuses; telles que la prudence , la complaisance , la
politesse , etc.

52. La politesse ne consiste pas dans de vaines démonstrations
d'amitié, dans des courbettes insignifiantes , ridicules , dans des
complimens frivoles, stériles et fastidieux. C'est être poli envers
les hommes que de leur être utile , de leur faire et de leur dire
des choses qui leur sont agréables.

53. Il y a une politesse fine et délicate qui flatte infiniment ceux
qui en sont les objets ; cette espèce de politesse ne réside que
chez les hommes de génie et d'esprit ; on la chercherait en vain
ailleurs.

54. La véritable politesse , telle que je la conçois , est non

seulement une bienséance du monde ; elle est aussi une vertu ; puisqu'elle repose sur une bienfaisance éclairée, sur une justice appréciatrice, qui fait rendre à chacun l'honneur qui lui est dû.

55. A voir la conduite de certaines gens, l'on croirait qu'il y a deux sortes de politesse ; l'une qui est celle des honnêtes gens, et qui consiste dans l'empressement visible d'être agréable et utile aux autres ; l'autre politesse est celle des égoïstes : tout en vous caressant, il est aisé de voir qu'ils ne s'occupent que d'eux-mêmes, qu'ils rapportent tout à eux mêmes et à leurs intérêts ; s'ils vous louent, c'est afin que vous les louiez, s'il vous font un présent, c'est dans l'espoir d'en avoir un plus grand, s'il vous saluent jusqu'aux épaules, c'est dans l'espoir d'être salués jusqu'à terre. De ces deux politesses la première vaut mieux que la seconde ; cette seconde n'est pas même une politesse, c'est une manie.

56. Vous rencontrez, dans la société, de ces hommes brutaux et grossiers qui vous repoussent par *le qui vive* ; vous en rencontrez d'autres au contraire qui vous fatiguent par leurs manières affectées, par leurs fades louanges et leurs sots complimens. S'il me fallait choisir entre ces deux sortes de personnes, je préférerais la première ; un sot est préférable à l'homme grossier.

57. Celui qui, à force d'affectation, veut plaire à tout le monde est ce qu'on appelle un fat ; si c'est une femme, c'est une *minaudière*. Le fat et la minaudière vont assez de pair.

58. L'égoïsme tue la société. O le beau, ô le vrai proverbe que celui-là ! Un égoïste ne voit que lui, ne songe qu'à lui, rapporte tout à lui. Il mettrait le feu à l'univers pour se réchauffer le bout des doigts. L'égoïste est toujours un homme bas et morose ; il insulte de gaîté de cœur, et sans aucun motif ni raison, celui qui ne lui a pas manqué ; celui même qui lui a fait du bien. Quelqu'un fait-il une belle action qui doit lui attirer les louanges de gens de bien, l'égoïste le voit d'un œil de chagrin et envieux ; il a déjà pris la résolution de contrarier

celui qu'il n'a pas le courage d'imiter , et qui lui fait ombrage. *Malplacuit* apprend que *Clément*, son voisin , vient d'entre-prendre une belle action qui doit lui faire honneur ; vite , il faut partir , et aller décourager *Clément* par des insultes les plus grossières et les plus ingrates. Rien ne pourra le retenir , ni une pluie battante , ni les glaces de l'âge , ni l'indulgence de *Clément; Malplacait* veut nuire , et il nuira à tout prix , dut-il, à l'exemple des abeilles qu'il aime tant, périr comme elle, après avoir distillé son venin.

59. Trouvez-vous dans la société un homme défectueux , plein de vices? c'est précisément le plus exigeant , et le plus difficile à contenter. *D'anotier* est d'une ignorance incroyable , prodi-gieuse , inouie , au point de ne pas savoir écrire un mot d'or-thographe. Il écrit , par exemple : je vous *remercis* avec une *s* pour un *e*, j'ai *dis* avec une *s* , pour j'ai *dit* avec un *t* ; plutôt *patiùs* pour plus-tôt *citiùs* ; à *la bonheur* , pour à *la bonne heure*... Quoique le plus mauvais plaisant que la terre ait jamais porté , il se croit agréable et enjoué dans la société ; quoique ses quo ibets crapuleux et orduriers offensent les oreilles pudiques, il ne s'en donne pas moins pour un moraliste sévère ; le croira qui voudra , ou qui pourra: quant à moi , je n'en ferai rien. Quoique le plus fade et le plus insipide complimenteur qui fut jamais , *d'Anotier* s'imagine être un courtisan fin et délicat. Les bassesses les plus humiliantes , les flatteries les plus basses ne lui coûtent rien, pourvu qu'elles le conduisent à son but qui est de *primer* dans la société. O la méconnaissance de soi-même! ô l'il-lusion! ô l'aveuglement ! Celui qui descendra dans la tombe sans avoir su faire accorder un adjectif avec un participe n'a pas de honte de se faire appeler *connétable* dans les sciences ! Si vous voulez l'en croire , il manie fort bien sa langue ; il sait dire des *prunes* et des *prones* ; mais c'est assez parler de *d'Anotier*, ô ma muse ! vous êtes par trop sévère. Laissez en paix ce bon homme ; laissez-le se louer , se flatter à son aise , aussi bien il court grand risque que personne ne s'avise de le louer.

60. La manie des fausses interprétations jette souvent le trouble dans la société. J'avais dit, au n° 13 de ma première lettre imprimée, que : « la flatterie de l'homme puissant et la » persécution de la faiblesse ont une source commune dans un » bas orgueil. *Alidor* loue à outrance M. *Richeman* qui n'a ni re— » ligion, ni vertus, ni talens ; mais il est opulent ; pensez vous » que ce motif n'ait pas son poids et sa valeur ? ce même *Alidor* » exerce ses rigueurs gratuites contre l'infortuné *Cléon* que recom— » mandent les plus rares vertus et les plus précieuses qualités; mais » il est pauvre et dénué de secours : il n'en sera que plus facile de » l'anéantir entièrement. » Ne voilà-t-il pas que le sieur *Delon* fait de ce passage une interprétation arbitraire, aussi ridicule que malveillante. Voici comme il explique la chose : M. *Richeman* est un honnête propriétaire qu'il tâche d'indisposer contre moi. *Alidor* c'est le sieur *Delon* lui même, et *Cléon*, l'infortuné *Cléon*, c'est *moi*; comme si j'étais malheureux ou infortuné ! Je n'ai au contraire qu'à bénir le ciel des succès prospères dont il daigne favoriser ma cause ; et grâce à Dieu, je ne crains que *l'injustice et la violence*; c'est à dire, tout ce que personne ne peut éviter. Maintenant, amis lecteurs, jugez, par vous mêmes, jusqu'à quelle extrémité se portent quelquefois le ridicule et la fureur de certaines interprétations ! Le sieur *Delon* aurait-il pé— nétré dans le sanctuaire de mon cœur pour y lire mes pensées les plus secrètes? ou bien une révélation surnaturelle est-elle venue l'éclairer à cet égard ? Laquelle l'emporte ici, ou de l'absurdité, ou de la perfidie ? j'atteste, au nom de la *vérité* que ma pensée était purement morale, et que je n'ai eu en vue aucune espèce d'application. Celle du sieur *Delon* est donc ma— nifestement une calomnie atroce et incendiaire qui tendrait di— rectement à ma destruction, si le perfide interprétateur avait plus de crédit. Mais voici six ans révolus que je brave impuné— ment les audacieuses manœuvres du sieur *Delon* dont un grand nombre sont plus odieuses encore que celle que je viens de citer. Désormais, l'ami *Delon*, soyez plus sobre de vos calomnieuses interprétations ; il pourrait vous arriver quelque chose de plus

sérieux qu'une allégorie indulgente : au reste je vous permets de penser que *Malplacuit, d'Anotier, Finnebonne, Abeilsot et Delon* ne sont qu'un seul et très-ignoble personnage.

61. Après le fat et l'égoïste, le mauvais plaisant est l'être le plus ennuyeux et le plus insipide qu'on puisse rencontrer dans la société. Si l'on pouvait persuader aux mauvais plaisans que la mauvaise plaisanterie est toujours indigence d'esprit, peut-être serions nous débarrassés de cette engeance impertinente et effrontée.

62. La bonne plaisanterie veut être maniée par des mains délicates. Il n'appartient qu'aux bons esprits d'être bons plaisans ; les esprits ordinaires sont railleurs et insultants ; un bon mot devient dans leurs bouche une injure grossière, ou une balourdise énorme. Concluons de là que la bonne plaisanterie est très rare, puisque les bons esprits sont si peu communs.

63. Je rencontre dans la société un homme poli, modeste, empressé de se rendre agréable, qui écoute patiemment les fadaises que l'on débite en sa présence ; c'est un homme d'esprit et de mérite. J'y vois au contraire un homme plein de gravité et de suffisance, qui parle souvent et long-temps d'une voix oraculeuse et doctorale, qui raconte avec emphase des choses communes que tout le monde sait, ou veut bien ignorer ; qui est caustique et mauvais plaisant ; cet homme est un vrai pédant pour les autres, c'est un docteur pour lui même ; *il s'aime sans avoir de rivaux.*

64. Je puis parler ici d'après ma propre expérience. Je connois plusieurs confrères, et c'est le grand nombre, qui sont modestes, généreux, indulgens pour les autres, sévères pour eux mêmes seulement ; ce sont des hommes de mérite : j'en connais quelques autres au contraire, mais c'est le petit nombre, qui sont fiers, arrogants, difficiles pour les autres, faciles pour eux mêmes, envieux, critiques et médisans ; ce sont des esprits fort médiocres et fort dangereux..

65. Vivre en paix avec tout le monde. O la belle ! ô la charitable maxime que celle-là ! mais que faut-il faire pour obtenir

cette fin heureuse? voilà ce qui m'embarasse. Je porte partout avec l'envie d'être utile et agréable à tout le monde, même à mes adversaires, quand ils n'ont pas dépassé les bornes de l'insolence. Je m'étonne comment et pourquoi avec de telles dispositions j'ai pu rencontrer des contradicteurs ; c'est que rien ne peut parer à la malveillance.

66. Une disposition très-prochaine à l'injustice et à la prévention, c'est de ne pas vouloir entendre la vérité et l'embrasser après l'avoir connue. On doit demeurer neutre, quand on n'a aucune partie intéressée ; cela est bien, cela est juste, mais on peut rendre hommage à la vérité sans se brouiller avec les gens. Méconnaître les droits de celui qui a raison, c'est une injustice ; c'est une persécution. En général, celui qui a tort est celui qui insulte le premier et gratuitement. Si l'insulte a été plusieurs fois réitérée, il faut pardonner dans le cœur ; mais il faut quelquefois châtier l'impertinence d'un méchant incorigible, surtout si on est homme public par ses emplois ou par la publication de quelques ouvrages d'esprit.

67. Les cœurs généreux ont si peur de faire ce qu'on appelle un *manquement*, que leur délicatesse dégénère en trop grande bonté, et que les méchans profitent même de cette circonstance pour leur manquer. Les superbes et les orgueilleux au contraire ont si peur de faire ce qu'ils appellent une *bassesse* qu'en voulant l'éviter, ils y tombent. Tel, par exemple, rougit de vous saluer de peur de faire une bassesse qui en commet une véritable en ne pas vous rendant le salut.

68. Telle est la force des préjugés sur les hommes qu'ils mettent souvent leur gloire dans ce qui devrait les couvrir de honte, tandis qu'ils rougissent de ce qui les honore le plus. *Finnebonne* (*) outrage gratuitement, et d'une manière très-grave

_____

(*) *Ainsi que je l'ai déjà observé, au n.° 60 de cette brochure*, Finnebonne *est le même personnage que* petit Jean Delon; *je l'appelle ici* Finnebonne, *pour signaler un ridicule de ce célèbre docteur.* Mange-t-il une pomme, par exemple, il dit *qu'elle est* Finnebonne; *mange-t-il de la tarte, il dit encore qu'elle est* Finnebonne. *Il peut dire* très bonne, excellente, etc ;

le jeune *Prud'homme*. D'après les règles invariable de la charité chrétienne , de la justice et de la société, *Finnebonne* devrait demander excuse à *Prud'homme* ; c'est bien dans l'ordre. Tout le contraire à lieu. *Finnebonne* insulte de nouveau , et à plusieurs reprises le même *Prud'homme*. Il se fait gloire de l'injurier , quoique ce soit une honteuse impertinence , et il rougirait de lui demander pardon , quoique ce soit un devoir de conscience et de société. *Damitz* s'écrie, dans une réunion nombreuse , *Doris*, mon ancien ami, m'a écrit deux lettres très-polies , en m'envoyant ses ouvrages ; mais je ne lui répondrai jamais. *Damitz* s'applaudit ici d'être un grossier personnage , un ingrat. Son indiscrétion est la preuve, ou plutôt la démonstration d'un orgueuil effréné, si naturel aux petits esprits qui ont remporté de petits succès.

69. En toute circonstance , l'on trouve l'occasion de remarquer que la politesse est l'attribut d'un cœur noble et généreux , comme l'impolitesse est l'apanage des hommes grossiers et brutaux. *César* envoie ses ouvrages à un personnage illustre ; ce personnage est au lit ; par suite d'une maladie grave ; ne pouvant remercier *César* par lui même; il en charge un de ses secrétaires se proposant de s'acquitter de ce qu'il appelle *un devoir* , sitôt après son rétablissement ; et il tient parole. *César* envoie aussi ses ouvrages à *Abeilsot*, qui , sans être un homme pauvre, est le plus pauvre homme du monde. Mes yeux indignés ont vu dans son ignoble personne , ce que l'humanité a produit de plus méprisable pour la bassesse de ses sentimens; *Abeilsot* reçoit les écrits de mauvaise grâce et en murmurant , quoiqué César lui en fasse présent, et que le port en soit payé. Ô la belle reconnaissance !

70 On trouve dans le monde des personnes bien nées qui se dégradent par la fréquentation de personnes peu honorables. Fréquentez des gens d'honneur , si vous voulez être honorés. *Dis moi qui tu hantes , je te dirai qui tu es.*

---

il fait accorder le superlatif *avec* l'adjectif, *c'est fort admirable !* *cela s'accorde en effet , à peu près comme* Connetable *avec* Malplacuit.

71. Les hommes d'esprit sont fort empruntés dans la société des sots ; ils ne savent que dire et que faire , au milieu d'un flux de paroles puériles , ou déplacées ; ce sont des poissons jettés à sec au milieu de la plaine.

72. Après les hommes vertueux, ce qu'il y a au monde de plus rare , ce sont les hommes d'esprit. Peut être que les gens d'esprit sont plus rares encore que les gens vertueux ; c'est du moins mon opinion , et je la crois fondée. Assurément qu'une réunion de tous hommes d'esprit est ce qu'il y eut jamais de plus rare et de plus délicieux. J'ai rencontré dans la société beaucoup d'hommes très agréables , enjoués ; mais l'idée que je me suis faite d'un homme d'esprit fut rarement satisfaite.

73. Tel est l'attachement que nous avons à nos propres intérêts que nous jugeons de toute chose. d'après , et selon l'avantage qu'elle nous procure. Nous sommes plus ou moins indifférens sur les affaires d'autrui , quelque zèle que nous affections pour ses intérêts.

74. De tous les caractères que l'on rencontre dans la société celui , à mon avis , qui est le plus vil et le plus rampant , c'est *le parasite*. Le parasite est toujours un lâche flatteur qui encense tous ceux qui lui donnent et qui censure tous ceux qui ne lui donnent pas. Le parasite s'attache à la puissance et à la richesse, comme les guêpes s'attachent aux meilleurs fruits des jardins. Lesquels sont les plus à plaindre des grands qui ne peuvent se passer de flatteurs , ou des flatteurs qui ne peuvent se passer des grands? il n'y a pas à balancer ; ce sont les grands , qui sont les dupes des flatteurs.

75. Il y a , dans le monde , des prospérités qui offensent les gens les plus modérés. Un homme qui n'a pas de *grand père* , comme le dit *Labruyère*, vient-il à prospérer, ne rougira pas de frapper de ses dédains superbes ceux dont ses ancêtres étaient les domestiques. Voilà un homme dont la prospérité me paraît choquante. Lecteur , qu'en pensez-vous ?

76. Il y a des pays où le luxe des habits et de la table se porte à un tel excès que la roture rivalise avec la noblesse sur ce

4

double point , par la richesse et l'élégance des habits ; comme par le nombre et la recherche des mets , les plus délicats. Dans d'autres pays, au contraire, les gens de fortune se négligent tellement à ce sujet , que l'on dirait des fagots couverts de haillons qui ne mangent que du lait-battu. Il y a excès de part et d'autre ; un juste milieu corrigerait le ridicule que je signale.

77. Sans sortir de la même province, l'on trouve des cantons si différens les uns des autres que l'on croirait voyager dans des pays lointains , séparés par des mers et des déserts immenses: Dans tel canton, vous trouvez toute la politesse, toute l'urbanité françaises , dans d'autres au contraire , vous rencontrez toute la barbarie et la grossièreté des *iroquois* et des *hottentots*.

78. Il y a de certains parens qui causent à leurs proches plus de peines et de traverses que leurs ennemis les plus cruels. Les maisons sont souvent troublées, dans leur intérieur , par des criailleries , par des disputes qui cessent à l'apparition d'un étranger qu'on comble de caresses : il n'est pas plutôt sorti que la querelle recommence. Je connais plusieurs personnes qui n'ont été traversées et méconnues que par leurs plus proches parens. Quelle cruelle inconséquence ! quelle barbare contradiction ! quelle folie inexplicable !

79. Je conçois un orgueil brutal qui consiste à rougir de ceux qui nous font honneur , parceque nous n'avons pas le courage de nous mettre au dessus des sarcasmes de *certains* pédans qui ont une *certaine* vogue dans de *certains* pays.

80. Rien de plus respectacle que la vieillesse. Dans la société, elle mérite les égards et commande le respect et la considéra-tion, pourvu toutefois qu'elle soit respectable; mais si un vieillard effronté conserve , dans un âge avancé, tous les défauts d'une jeunesse évaporée et licencieuse ; si , au lieu d'être grave , dans sa conversation , il est badin et puéril ; si , au lieu d'être discret et sage , il est imprudent et inconsidéré; si un vieillard n'est qu'un enfant en cheveux gris , si rien chez lui ne correspond à la gravité de son âge ; je suis forcé de dire alors qu'un tel vieillard est une grande difformité dans la nature , un grand contresens

dans la société ; et je ne suis pas plutôt obligé de respecter un vieillard de cette espèce, parcequ'il est vieux, que je ne suis tenu de respecter un chêne de deux cents ans, encore plus vieux que lui.

81. A ceux qui sont puissans et riches ou savans il ne reste plus qu'un seul moyen de se distinguer, dans la société et dans les autres circonstances de la vie, c'est d'être abordables, indulgens, faciles, modestes et compatissans. La morgue de l'orgueuil ne convient qu'aux petites gens. C'est le propre d'un petit noble de parler à tous propos de sa noblesse, de ses châteaux, de ses voitures, de ses armes ; c'est le ridicule ordinaire des nouveaux riches de parler de leur belle fortune, de leurs belles alliances, de leurs beaux habits, et de mille autres bagatelles, semblables dont la fastidieuse énumération fatigue et révolte les bons esprits. Si je rencontre, dans la société, un personnage qui s'applique à me persuader l'antiquité de sa noblesse, je commence aussitôt à la révoquer en doute ; si je rencontre un homme, assez ignoble d'ailleurs, qui s'efforce de me démontrer sa bonne origine, je pense dès lors qu'il a à rougir de celle qui lui est véritable : si je vois un auteur m'exalter ses méchans vers, avec toute l'emphase d'un mauvais poëte, je me rappelle aussitôt le rôle si plaisant de *Georges Dandin* de *Molière*, et j'ai deviné juste en pensant que ce n'est qu'un fat.

82. On rencontre quelquefois, dans la société, de ces hommes à prétentions qui ont pour leur personne la plus haute estime; ils ne parlent qu'avec beaucoup de réserve, encore est-ce aux personnes qui leur paraissent les plus distinguées de la compagnie. Il est aisé de voir à leur air et à leur maintien combien est profonde la vénération qu'ils ont pour eux-même. Si vous examinez de près et en détail ces sortes de personnes, vous rougirez bientôt de l'extrème médiocrité de leur esprit, et de la pétitesse de leurs sentimens : Ils ont résolu de paraître gens d'esprit.

83. Savoir se respecter est un grand point ; c'est un des plus importants pour réussir dans la société. Celui qui sait se respec-

ter est souvent respecté des autres ; vérité dont l'expérience se réalise tous les jours.

84. La réflexion suivante , sur la société , par l'illustre de *Labruyère* , le connaisseur le plus profond du cœur humain qui ait peut-être jamais existé , mérite de trouver place ici : « com- » mençons par excepter ces âmes nobles et courageuses , s'il en » existe encore sur la terre , secourables , ingénieuses à faire du » bien , que nul besoin , nulle disproportion , nuls artifices ne » peuvent séparer de ceux qu'ils se sont une fois choisis pour » amis ; et après cette précaution , disons hardiment une chose » triste à imaginer : il n'y a personne au monde , si bien lié » avec nous de société et de bienveillance , qui nous aime , qui » nous goûte , qui nous fait mille offres de services , et qui nous » sert quelquefois, qui n'ait en soi , par l'attachement à son in- » térêt particulier , des dispositions très-prochaines à rompre » avec nous , et à devenir notre ennemi. »

Voilà un passage , frappant de vérité , et qui développe ma pensée du n° 73. Oui, rien n'est plus vrai, l'homme ne recherche que ses intérêts. Il vous fait les protestations les plus magnifiques aujourd'hui, et demain , vous le trouverez froid comme glace. En vain lui aurez-vous témoigné votre respect et votre amitié par toutes sortes de bons traitemens , un temps arrive où il aura honte de vous saluer , de recevoir les présens que vous lui en- voyez par bon cœur et par générosité. Voilà l'homme tel qu'il fut du temps de *Labruyère* , tel qu'il est à présent , et tel qu'il sera toujours.

On peut dire, à l'honneur de l'humanité , qu'il existe encore de ces hommes généreux qui ont le courage d'être fidèles à leurs amis , dans les circonstances les plus rigoureuses de la vie ; mais le nombre en est bien petit ; car il faut, dans cette circons- tance , des sentimens nobles et élevés ; et c'est bien assurément ce qu'il y a de plus rare et de plus admirable sur la terre.

Le même *Labruyère* , que je viens de citer , dit , dans un autre endroit : « nous abandonnons nos meilleurs amis dans deux cas tout opposés ; lorsqu'ils tombent dans quelque malheur ,

» par leur faute ou autrement ; ou lorsque quelque prospérité
» qui nous est imprévue semble les élever au-dessus de nous. »
Voilà encore une pensée incontestablement vraie et qui aide
beaucoup la pensée et la réflexion. Une remarque , bien digne
d'attention, c'est que la vie de *Labruyère* renferme plusieurs
traits qui confirment sa pensée , citée plus haut. Voici un
passage extrait de la vie de ce grand homme. « La publication
» des *caractères* de *Labruyère* lui fit beaucoup d'adversaires et
» beaucoup d'ennemis. Tous ses amis l'abandonnèrent , excepté
» *Malezieux*, qui lui dit , après avoir lu les caractères : *Voilà de*
» *quoi vous faire beaucoup de lecteurs et beaucoup d'ennemis.*
» *Labruyère* se consola de l'abandon de ses amis par une
» étude constante et approfondie ; ses faux amis l'avaient aban-
» donné par envie , à cause de ses talens et de ses succès ; sous
» le prétexte spécieux que ses *caractères* étaient dangereux et
» outrés ; mais dans la réalité, parcequ'ils voyaient avec des yeux
» envieux la vogue extraordinaire qu'obtenait son ouvrage.
» L'envie se déchaina avec d'autant plus de force contre l'auteur
» des *caractères* que personne ne se doutait de rencontrer chez
» lui cette connaissance parfaite du cœur humain qui fit *tout*
» *d'abord* l'admiration des savans de l'Europe. *Labruyère* avait
» un extérieur modeste et fort ordinaire; il n'avait aucune de
» ces qualités spécieuses qui en imposent aux gens du commun :
» il ne devait ses vastes et profondes connaissances qu'à des études
» particulières , et ses amis les plus intimes étaient loin de soup-
» çonner qu'ils admireraient un jour, dans sa personne, le meil-
» leur penseur qui fut jamais.» CHAMPRÉ, *Essais historiques sur*
les écrivains du grand siècle , p. 127.

Citons encore un autre exemple qui n'a pas moins de force et
qui n'est pas moins concluant que le premier , et qui sert à
prouver la même thèse. « En entrant dans le monde , disait
» *Montesquieu* , on m'annonça comme un homme d'esprit , et
» je reçus un accueil fort favorable des gens en place : Mais
» lorsque , par le succès des *Lettres persannes* , j'eus peut-être
» prouvé que j'en avais , et que j'eus obtenu quelqu'estime du

» public , celle des gens en place se réfroidit ; j'essuyai mille
» dégoûts : mes amis, mes parens même me taxèrent d'ambitieux
» et m'abandonnèrent. Réduit à une solitude forcée , je pris le
» bon parti ; celui du travail et de l'étude. De nouveaux succès
» plus brillants que les premiers ramenèrent mes anciens amis ,
» et bientôt je me vis entouré de flatteurs. Ne valait-il pas
» mieux ne pas m'outrager , et demeurer dans la modération ?
» mais les hommes sont extrêmes en tout. » *Comptez , disait-il*
souvent , qu'intérieurement blessé de la réputation d'un homme
de mérite , c'est pour s'en venger qu'on l'humilie, et qu'il faut
soi même mériter beaucoup d'éloges pour supporter patiemment
celui d'autrui. Tableau historique , *t.* 3 , *p.* 230.

85. *Sur la critique et la censure.* Une chose incontestable et
que personne n'a peut-être jamais contestée, c'est que la critique
et la censure viennent de deux sources également honteuse et
méprisable , d'un méchant cœur , et de l'ignorance. Par critique et par censure, j'entends ici, ce dénigrement injuste et amer
des actions , des écrits et des personnes d'autrui. Quant à cette
espèce de critique modérée , honnête et polie que font les savans
des ouvrages d'esprit , ce n'est pas là proprement une critique ,
c'est plutôt une dissertation littéraire et scientifique.

86. Les hommes ne sont sur la terre que pour un instant ; leur
corps est sujet à mille infirmités ; leur esprit est le séjour des
ténèbres , du chagrin et de l'inquiétude ; les hommes empirent
leur malheureuse condition , et augmentent encore leur maux
par leur propre malice: du genre humain la moitié fait la guerre
à l'autre.

87. Ceux qui nous ont fait, sans raison, beaucoup de mal, nous
haïssent beaucoup; la nature de l'homme est ainsi organisée, qu'il
pardonne plus aisément l'injure qu'il a reçue que l'injure qu'il a
faite.

88. Les critiques et les censeurs sont ceux qui se récrient
le plus fort contre la critique et la censure dont ils sont les
objets. Cette observation n'a besoin d'autre preuve que celle de
l'expérience.

89. Rien de plus honteux et de plus bas que de critiquer et de censurer celui qui ne vous fait rien, ou qui vous a comblé de bons traitemens ; alors c'est la plus noire ingratitude.

90. S'il est bas est honteux de critiquer gratuitement ses semblables, il est permis, quelquefois nécessaire, et indispensable de se défendre contre l'insolence des critiques et des censures. La défense, quoique légitime, et fondée sur le droit des gens, coûte beaucoup à un cœur généreux ; mais l'audace incroyable de certains critiques force les plus indulgens à prendre le parti de se défendre.

91. On ne rougit pas de se défendre contre les voleurs et les brigands qui n'en veulent qu'à notre argent ; pourquoi rougirions-nous de nous défendre contre des critiques et des censeurs qui n'en veulent à rien moins qu'à notre réputation ? si nous sommes attaqués dix fois par des voleurs, nous nous défendons dix fois, avec le plus de succès que nous pouvons : pourquoi ne nous défendrions-nous pas de même contre les critiques, qui nous font un bien plus grand tort ? La religion chrétienne, dont la morale est si pure, nous commande de pardonner, mais bien loin d'interdire la défense, elle en fait souvent un devoir.

92. L'inconséquence de certains critiques est inexplicable ; ils vous font un crime d'une défense légitime et modérée, et ils ne rougiront pas de vous censurer d'une manière atroce et cruelle ! quelle explication donner à une semblable conduite !

Si une défense légitime était interdite aux hommes vertueux et instruits l'on verrait bientôt les méchans et les ignorans exercer leur empire tyrannique sur les personnes les plus respectables de la société. Abuser de son crédit et de ses talens pour perdre ses semblables par une critique injuste et gratuite, c'est le propre d'un malhonnête homme ; mais défendre son existence, menacée de destruction pour les méchans et les envieux, ce n'est que jouir d'un droit commun à tous les hommes ; *du droit des gens.*

94. Il est un moyen de châtier l'impertinence des méchans ;

c'est d'employer l'allégorie ou les noms supposés , à l'exemple
de LABRUYÈRE. Ils ne peuvent alors se plaindre ni du défaut de
charité , ni du scandale ; et , pour toute punition de leur impertinence , ils peuvent s'assurer qu'ils sont connus et interprêtés ,
sans qu'on puisse les convaincre. C'est une punition bien légère
pour un tort souvent irréparable.

95. Si l'on en croyait de certains critiques ce serait, encore
trop de les désigner par des noms supposés ; eux qui vous com-
promettent par vos *noms , prénoms, qualités* et *domicile*. Ils vous
ont choisis pour leurs victimes ; ils veulent vous immoler sans
que vous protériez un mot de plainte. Je suis presque sûr que
M. J.B.B. qui m'adressa, dans le mois de mai dernier, un libelle
odieux , où j'étais sacrifié d'une manière cruelle , par mes
noms et prénoms , sera fort surpris que j'ose lui répliquer sous
le nom supposé de *M. Drolet.*

96. Certains critiques et censeurs ont leur raison pour qualifier
de vengeance la réponse à leurs diatribes ; mais personne ne
prend le change ; et c'est une illusion de croire que leurs
plaintes , à cet égard , soient fondées.

97. La médiocrité est inséparable de l'envie : l'envie s'attache
au mérite , comme la rouille s'attache au fer , l'envie produit
la critique ; c'est démontrer qu'un envieux et un critique sont
des esprits médiocres, du moins pour l'ordinaire; ici l'exception
a lieu.

98. J'ai lu la vie des écrivains français les plus illustres depuis
A jusqu'à *Z*, et j'ai remarqué que tous , sans en excepter un
seul , avaient eu à essuyer la critique et la persécution des
esprits , les plus médiocres , dont on ne parle plus depuis long—
temps.

99. Il est remarquable que ce sont les meilleurs ouvrages qui
excitent les critiques les plus violentes ; la raison en est claire :
les bons ouvrages éveillent les serpens de l'envie. Nous avons
beaucoup plus d'indulgence pour un ouvrage médiocre ; nous
nous contentons de lui donner de médiocres louanges. Si un
écrivain rival loue beaucoup un livre quelconque, il y a à parier

qu'il est mauvais , ou qu'il n'a qu'un faible mérite. Si au contraire , vous entendez les gens d'esprit qui sont *voisins* , dire
beaucoup de mal d'un nouveau livre , en parler en termes dédaigneux et méprisans , il n'y a pas souvent de preuve plus
sûre que ce livre est bon, qu'il est excellent , et qu'il doit établir
la réputation de son auteur ; c'est précisément pourquoi les
rivaux s'efforcent de le rabaisser. Les critiques injustes et
violentes qui furent dirigées contre le *cid de Corneille,* le
Bourgeois gentilhomme de Molière , la *Phèdre de Racine* , les
caractères de *Labruyère* , la neuvième satyre et la neuvième
épitre de *Boileau* prouvent mon assertion.

100. La critique décourage les écrivains les plus illustres ;
témoin *Racine* qui veut se faire chartreux de désespoir; témoin
les deux *Rousseau* , et une infinité d'auteurs du premier mérite
qui nous ont revelé combien une critique injuste les avait dé-
couragés. Et , en effet ; la censure nous abbat jusqu'à terre ;
on est timide , honteux de soi-même. Heureusement que l'histoire est là pour offrir ses consolations ; les écrivains les plus
intrépides n'auraient pas le courage de publier leurs pensées ;
ils seraient repoussés par le *hola* des envieux les plus ignobles.
Une pensée consolante pour les bons écrivains est celle de *Despréaux* qu'on trouve en tête de ses trois dernières épitres , et qui
est conçue en ces termes : « Le public n'est pas un juge qu'on
» puisse corrompre, ni qui se règle par les passions d'autrui; tout
» ce bruit , tous les écrits qui se font ordinairement contre les
» ouvrages , où l'on court , ne servent qu'à y faire encore plus
» courir et à en mieux marquer le mérite. Il est de l'essence d'un
» bon livre d'avoir des censeurs ; et la plus grande disgrâce qui
» puisse arriver à un écrit , ce n'est pas que beaucoup de gens
» en disent du mal ; c'est que personne n'en dise rien. »

101. De même que le froment est offusqué par les mauvaises
herbes qui l'empêchent de produire, de même le vrai mérite est
contrarié par les critiques des envieux et des méchans ; de même
qu'il faut arracher les mauvaises herbes , pour obtenir une
bonne et belle récolte de froment, de même aussi , il est besoin

5

de confondre les censeurs iniques et audacieux qui terniraient la réputation la plus brillante ; si l'on ne mettait frein à leur influence destructive.

105. Les mêmes actions qui sont louées et applaudies dans une personne puissante sont souvent censurées et punies dans une personne faible et dépendante. Dépouillons nous des préventions qui concernent la faiblesse , l'abandon , la jeunesse , la pauvreté d'un auteur; et nous jugerons sainement de ses ouvrages. Faisons abstraction de la personne , et nous penserons judicieusement des choses qui le concernent.

103. Quand on vient à se rappeler qu'*Homère*, que *Virgile*, qu'*Horace*, qu'*Ovide*, que *le Tasse*, que *Corneille*, que *Racine*, que *Massillon*, que *Molière*, que *Labruyère*, que *Nicole* ont essuyé , durant toute leur vie, les mépris et les dédains des critiques les plus méprisables, un auteur devait être flatté, et presqu'orgueilleux d'essuyer des persécutions semblables ; puisque l'histoire démontre , que, de tous les grands écrivains, il n'en est peut-être pas un seul qui n'ait été soumis aux mêmes épreuves.

104. Outre que les critiques et les censeurs sont presque toujours ineptes et envieux , ils sont, pour la plupart, insensibles à toute espèce de bons et de mauvais traitemens. Si vous refutez leurs attaques indiscrètes et audacieuses avec un plein succès, ils n'en seront guères humiliés ; ils se consoleront d'avoir pour compagnons des impertinens comme eux. Ce sont *Gacon* et *Pelletier* qui se consolent d'être mis à côté des *Chapelain* et des *Linière*.

105. Celui qui , à tort et à travers , attaque ses adversaires , même ceux qui sont les plus injustes, perd toute espèce de crédit, et ne fait plus d'impression, à moins qu'il n'étaye sa critique ou sa défense sur des pièces justificatives ; alors il est impossible qu'il n'obtienne croyance , et ne produise un grand effet sur les lecteurs.

106. Il est des hommes qui échappent à la critique et à la censure ; ces gens là sont les sots. Il est impossible que le mérite ,

n'importe dans quel genre qu'on le suppose , n'essuie, pour le moins, quelques reproches ou quelques mortifications. L'homme sans mérite , sans esprit et sans talens est toujours un homme paisible ; il peut bien essuyer quelque plaisanterie , dans la société ; mais comme chacun est content de voir un plus sot que soi, on lui pardonne volontiers sa médiocrité. Quelquefois même on va jusqu'à lui donner gratuitement une certaine réputation pareequ'on est bien persuadé que personne ne prendra le change c'est une politique astucieuse des malins qui veulent partager les suffrages.

107. Une remarque digne de l'attention de ceux qui font une étude sérieuse du cœur humain c'est que ceux qui ont dessein de nuire à quelqu'un s'appliquent d'une manière particulière à flatter les amis de ceux qu'ils ont intention de persécuter, et cela afin d'en faire des partisans de leur cause. Il faut aux personnes , non intéressées, beaucoup de probité et de précautions pour ne point tomber dans l'artifice du méchant , qui redouble de caresses et de flatteries pour atteindre son but. *Malplacuit,* mettez ici vos lunettes , et lisez cet article qui vous regarde d'une manière particulière , puisqu'il n'est pas de bassesses que vous n'employez pour abaisser celui sur les ruines duquel vous espérez vous élever , mais bien en vain.

108. Il y a des critiques si ignobles qu'ils vous révoltent par la bassesse de leurs sentimens et la petitesse de leur esprit; mais comme ces sortes de critiques n'ont aucune espèce de délicatesse, et que les moyens les plus vils ne leur coûtent rien, pourvu qu'ils parviennent à leur fin, l'on est quelquefois réduit à s'en occuper, non qu'ils en valent la peine eux-mêmes , mais parcequ'à l'aide de leurs flatteries les plus basses et les plus honteuses , ils parviennent quelquefois à obtenir quelqu'influence sur de fort honnêtes gens. Sans cette considération, je n'eusse jamais parlé de *Finnebonne* , de *d'Anotier* , *d'Abeilsot* et de *Malplacuit*; tous noms supposés qui signifient une seule et même personne, *le petit Jean Delon.*

109. En toute chose , la concurrence et la rivalité produisent

l'envie , la critique et la censure , la haine et l'antipathie. J. B. B. voit avec des yeux envieux les succès qu'obtient *Fleurblanc* son voisin ; lui aussi , voudrait bien obtenir des suffrages ; mais il faut pour cela publier de bons ouvrages , de quoi J. B. B. est tout-à-fait incapable : composer des écrits , remarquables par leur extrême médiocrité , tel sera toujours le *nec plus ultrà* de ses minces talens. Cependant il est affamé d'éloges : vous allez apprendre quel moyen il va prendre pour en obtenir. Il compose un volumineux dictionnaire d'anecdotes de 182 pages *in—* 16 ; il fait précéder ce chef-d'œuvre d'une petite préface , aussi fastueuse que son auteur , dans laquelle on lit ces mots que je cite textuellement : *On remarquera que cet ouvrage est rédigé sur un plan tout nouveau , qu'il renferme un grand nombre d'anec- dotes inédites , et que celles qui ne le sont pas , sont , en quelque sorte, rajeunies par la manière dont on les a présentées.* Gardez vous, toutefois , amis lecteurs , de vous fier à des promesses si magnifiques. 1.° Il est faux que l'opuscule soit rédigé sur un plan nouveau ; j'ai actuellement entre les mains deux dictionnaires d'anecdotes, contenant chacun 1016 *pages* , format *in—4*, rédigés sur le même plan et sans nom d'auteur. 2.° il n'est pas vrai non plus que *la pastiche de M. Drolet* renferme un grand nombre d'anecdotes inédites. Il n'est l'auteur original que de sept *pages et demie* ; ni plus, ni moins; je lui donnerai, quand il le faudra , la preuve mathématique de mon assertion , en comptant les pages et les lignes. 3° Rien n'est rajeuni dans ce que cite l'anec- dotier , il a copié *mot à mot* quatre volumes que je lui avais prêtés ; on peut s'en convaincre en lisant ce qui est rapporté de *Boileau* , de *Corneille* , de *Molière* , de *Chapelle* , de *Chapelain* , etc. etc. etc. , et de *Poinsinet* qui rime si bien avec *M. Drolet.* 4.° Enfin , *M. Drolet* n'a point écarté les anecdotes graveleuses comme il l'avait promis ; on en trouve encore un bon nombre qui sont plus que gaillardes , et d'autres qui sont passablement ordurières; telles sont, par exemple, celle sur le *sein de Sara*, le *cheval Alezan* , etc. etc. etc. la préface modeste de l'anecdotier n'améliore pas sa vétille , et les lecteurs instruits se rappellent , malgré eux, ces vers de *Despréaux*, en lisant sa misérable rapsodie :

> Un auteur, à genoux, dans un humble préface ;
> Au lecteur qu'il ennuie a beau demander grace,
> Il ne gagnera rien sur ce juge irrité
> Qui lui fait son procès de pleine autorité.
> Et je serai le seul qui ne pourrai rien dire ?
> On sera ridicule et je n'oserai rire ;
> Et qu'ont produit mes vers de si pernicieux,
> Pour armer contre moi tant d'auteurs furieux ?

Satyre 9.ème.

Toutefois, on lit sur la couverture du dictionnaire anecdotique de *M. Drolet*, cette annonce fastueuse : *cet ouvrage se trouve aussi à Paris, à Lille, à Douai, à Valenciennes, à Dunkerque.* Que ne mettait-il *à Londres, à Madrid, à Moscou, à Pékin* et chez tous les libraires de la France et de l'étranger, le ridicule n'en eût été que plus complet ?

Voici toutefois comme *M. Drolet* se prodigue à lui même l'encens qu'on lui dénie : à la page 43.ème de *sa pastiche* se trouve cette note complaisante et intéressée : *tout ce qui peut intéresser vivement et égayer le lecteur doit trouver place dans cet ouvrage : c'est ce dernier motif qui nous a déterminés à insérer ici cette pièce de vers, qui n'est pas sans mérite.* » Quel serait donc le mérite prétendu de la pièce de vers dont il s'agit ? Employons, pour l'examiner, les moyens qui, seuls peuvent nous conduire à ce résultat. Tous les ouvrages littéraires, quelque soit d'ailleurs l'objet dont ils traitent, et la forme avec laquelle ils sont traités, doivent faire leur impression sur les sens, sur l'esprit, et sur le cœur des lecteurs : cette impression est quelquefois assez heureuse et assez générale pour contenter les sens, l'esprit et le cœur ; c'est alors que la raison est satisfaite. Tous les ouvrages de *M. Drolet*, excepté sa prose *latine* sur le Noël, ne font qu'effleurer les sens, et notamment le passage en question. Faisons usage de la régle infaillible que nous avons établie plus haut, et qui nous servira de pierre de touche, pour sou—

mettre à l'épreuve d'une saine critique la pièce de vers qu'idolâtre son auteur *M. Drolet*. Le morceau de poésie pêche d'abord par la conception du sujet qui roule sur ces deux vers :

Rappellerai-je ici cette grande action ?
De charbon pour huit jours il fit provision.

Est-il rien de bizarre comme de comparer un obscur étudiant, qui consent à aller chercher du charbon dans une cuvelle, à tout ce que l'antiquité offre de plus respectable? Est-il rien au monde de plus disparate et de plus choquant que de comparer *Achille*, *Ulysse*, *Alexandre*, *Énée*, *Agamemnon*, *Brutus*, à un porteur de charbon? Mais me dira peut-être un lecteur indulgent, point tant de sévérité, de grâce, soyez plus équitable ; il ne s'agit ici que d'une plaisanterie ! Oui, j'en conviens, il ne s'agit que d'une plaisanterie ; mais cette plaisanterie est du plus mauvais goût; elle indique une imagination déréglée, une conception viciée, un jugement faux et bizarre. *M. Drolet* a beau exalter l'ouvrage de ses mains, avec plus de présomption que de délicatesse, je ne puis m'empêcher de dire, en lisant le morceau de poésie qu'il signale à l'admiration publique que rien ne ressemble plus à une mascarade que la misérable vétille, où il compare un porteur de charbon à *Ulysse*, à *Achille* à *Alexandre*, etc., je m'imagine voir *Arlequin* qui joue les farces, revêtu d'habits royaux. Vraiment ! je ne vois que l'auteur de ces vers ridicules assez hardi pour les avouer, parcequ'il est aveuglé par une affection excessive et paternelle.

Je vais essayer maintenant de répondre à une critique acerbe odieuse, ou plutôt à un libelle odieux que le même *M. Drolet*, qui vient de nous occuper, n'a pas eu honte de mettre en circulation contre mes écrits, ou pour mieux dire contre ma personne. Jamais je ne me serais avili au point de répondre à une pareille diatribe, si *M. Drolet* ne s'applaudissait de mon silence pour chanter victoire ; nous allons lui apprendre s'il a raison de chanter le *te Deum* avec tant de joie et de sécurité.

M. Drolet intitule sa critique, de 19 pages *in-8.º : dialogue entre un maître et son élève.* A la première page, le pédagogue demande à son écolier *Henri*, s'il a remarqué plusieurs fautes de français, dans mes ouvrages : ici *M. Drolet*, met cette réponse dans la bouche de son écolier Henri : « Le mot *préten-tieux* ne me paraît pas français. » *M. Drolet* répond en ces termes : «Non sans doute, le mot prétentieux n'est pas français, et quoique *M. Brebion* l'ait toujours à la bouche et à la plume, il » n'en est pas moins barbare. On n'a jamais dit un prétentieux, » mais un *homme à prétentions.* Cependant il faut avouer qu'on » ne serait pas fâché que ce terme fut usité, ne fut-ce que pour » l'appliquer à l'inventeur, à qui il convient parfaitement ; je » crois même que si ce mot fait fortune, et qu'il passe dans nos » vocabulaires on ne manquera pas d'ajouter : mot créé par et » pour *M. Brebion.* »

J'ai fort peu de chose à répondre à ce beau compliment, sinon que ceux qui nous connaissent sauront prononcer auquel de nous deux l'épithète *prétentieux* convient le mieux. Tout le monde est d'accord que si on pouvait peindre l'orgueil personnifié *M. Drolet* servirait de parfait modèle, surtout si on pouvait peindre l'emphase des paroles et la morgue des manières hautaines et su-perbes. Quant au mot prétentieux, considéré en lui même, s'il n'est pas français, il devrait l'être : ce mot manque en français ; et cette expression : *homme à prétentions* est une périphrase de trois mots qui disparaîtrait par l'adoption du mot *prétentieux.* Pourquoi dire en trois mots ce qu'on peut exprimer en un seul ? c'est bien, dans cette circonstance, qu'il faut invoquer cet adage logique ; *ne multiplions pas les êtres sans nécessité.*

Au surplus, le libelliste a-t-il réfléchi à ce qu'il disait, lors-qu'il prétend que le mot *prétentieux* est un mot *barbare ?* qu'au-rait-donc de barbare le mot *prétentieux*, « soit pour l'oreille, soit pour le sens ? » ce sont précisément les termes dont il se sert qui sont barbares : tels sont, par exemple, les mots : *cacologie, cacologue, philologue, écrivailleur, écrivassier, dégoiser,* etc., voilà des mots que tous les lecteurs trouveront *barbares.* Il n'y a, au reste, de barbare dans la discussion qui nous occupe que le style de *M. Drolet*, et son acharnement à persécuter son ancien ami dont il envie les succès.

Que dira le libelliste quand il saura qu'une société littéraire a proposé l'adoption du mot *prétentieux* dont je me suis servi , et que déjà plusieurs de ses membres l'ont employé dans leurs rapports , ainsi que le mot *inéluctable* dont je suis encore l'inventeur, et dont la critique a échappé à mon sévère antagoniste ? Je suis bien aise de savoir comment m'eut traité *M. Drolet*, si j'avais dit , comme le père *Bouhours*, *rabaissement* de monnaie, pour *rabais* de monnaie ? Cependant aucun critique du temps ne releva cette faute, extrêmement sensible ; et chacun rendant justice aux talens littéraires du père *Bouhours*, se contenta de dire : *il n'est pas surprenant que le père Bonhours qui a fait vœu de pauvreté , ignore les termes de finances.*

Pourrait-on jamais croire qu'un homme de poids comme *M. Drolet* aurait la petitesse d'esprit de me faire un crime d'avoir écrit *Visigos*, au lieu de *Visigots* ou de *Visigoths* ? Je savais tout aussi bien que le pamphlétaire que les mots barbares de *Goths*, de *Visigoths* et d'*Ostrogoths*, s'écrivaient comme je viens de les citer ; c'est là une faute d'impression que je n'ai pas daigné signaler dans l'épreuve ; mais qu'il me traite *d'ignorant* pour cette bagatelle, c'est bien la preuve qu'il n'a rien de raisonnable à m'objecter.

Assurément que les deux objections que je viens de réfuter ne méritent pas le nom d'objections , et qu'il a fallu un aveuglement semblable à celui de *M. Drolet* pour oser la produire au public : mais que sera-ce lorsque les lecteurs apprendront les niaiseries par lesquelles le libelliste se dégrade, car il est évident qu'il va de mal en pis. Il me reproche , à la page 4ème., de son pamphlet, par l'entremise de *Henri*, son benin disciple , d'avoir commis une faute, en écrivant *voilà donc ici.* J'ai assez de confiance dans la bonté de ma cause pour oser assurer qu'il n'y a pas l'ombre d'une faute dans *voilà donc ici.* Le libelliste qui le sait aussi bien que moi, mais qui parle de mauvaise foi , a soin de jouer d'adresse, en cette occasion ; voici la conclusion

par où il termine son objection : « *voilà ici* est une faute si
» grossière , qu'il n'est pas de petite bourgeoise un peu bien
» élevée qui n'eût honte de dire : *voilà ici.* » Permettez moi
de vous l'observer , menteur impudent ! je n'ai jamais écrit :
voilà ici, mais bien *voilà donc ici*, comme vous avez cité
d'abord. La particule *donc* change l'état de la question ; et
la preuve que vous parlez sciemment contre la réclamation de
votre conscience , c'est que vous adultérez *sciemment* mes
écrits.

Jusqu'à présent la critique du libelliste ne fut qu'une défaite
entière et complète; il va sans doute réparer ses aberrations par
des observations dignes de lui ; toutefois, n'anticipons pas sur
les évènemens; il semble que M. *Drolet* ait déclaré une guerre à
outrance au sens commun et à la droite raison. Voici avec
quelle gravité il présente une nouvelle objection : il assure, avec
force , que le mot *roussin*, pris seul , ne signifie pas un *baudet*.
Comme si j'avais dit quelque part que le mot *roussin*, pris seul ,
désignât un *baudet*! Nouvelle preuve de mauvaise foi et de
calomnie. Je n'ai jamais écrit *roussin* seul , pour signifier un
baudet ; mais bien *Jean roussin :* or le mot *jean* caractérise ici
la qualification spécifique. *Lafontaine* dit en vingt endroit diffé-
rents de ses fables *jean roussin* pour désigner un âne ; dirigez
contre lui vos objections insensées. Dans tous les pays , *M.*
jean Drolet , le mot *jean* est synonime de *baudet.* Au surplus ,
vous êtes convaincu de mauvaise foi , quand vous dites que j'ai
voulu soutenir que *roussin*, pris seul, signifiât un *baudet* . puisque le texte de ma fable prouve que j'ai écrit *jean roussin;* nouvelle
preuve d'imposture et de calomnie.

Le libelliste termine ici ses observations critiques sur les défauts
prétendus de ma prose. Mes lecteurs ont assez bonne mémoire
pour se souvenir que M. *Drolet* a été confondu sur tous les points,
et que l'injure , chez lui, tient lieu de raison. Je dois l'avouer, si
pour avoir été injurié j'ai été battu , mon antagoniste peut
chanter victoire ; mais j'ai bien peur que ceux qui ne sont pas
aveuglés, comme lui, par le bandeau de l'envie, ne manqueront

6

pas de remarquer qu'il y a une grande différence entre *raisonner* et *injurier*. Ils se rappelleront que les *Boileau*, les *Molière*, les *Racine*, les *Labruyère*, les *Nicole* ont été traités de *fous*, *d'ignares*, *d'oisons*, *de bêtes à foins*, *d'écrivalliers* et *d'écrivassiers* par des écrivains subalternes qui ressemblaient un peu à *M. Drolet* ; on se console d'être cité en si bonne compagnie ; et, quoiqu'en puisse penser le *libelliste*, je me ferai toujours honneur et gloire de ses critiques. *His gloriamur inimicitiis*.

Deux moyens ont été employés par M. *Drolet* pour critiquer ma prose ; ces moyens étaient l'isolement des propositions, ou l'imposture et la mauvaise foi : il n'a pas changé de tactique ; car l'imposture et la mauvaise foi se font remarquer dans sa critique de la poésie, comme dans celle de la prose. Il me faudrait, pour le suivre pied à pied, plusieurs pages, pour répondre à ses niaiseries calomnieuses ; c'est pourquoi je méprise ses futilités honteuses, qui ne valent pas la peine qu'on en fasse justice, tant elles sont puériles et ridicules.

La mauvaise foi du pamphlétaire, déjà si fréquemment répétée, appert surtout à la page 7ème. de son libelle, où il ne craint pas de commettre la plus odieuse infidélité, en me reprochant d'avoir fait rimer *douleur* avec *douleur*, alors même que, dans la même brochure, j'avais consacré une note pour prouver qu'un *homonyme* ne peut pas rimer avec un *homonyme*, pris dans le même sens. Ici j'invoque d'une manière authentique tous ceux qui ont lu ma fable du *Fermier ruiné*. Est-il vrai, je les prends à témoins, que j'aie fait rimer *douleur* avec *douleur* ? Voici les vers tels que je les ai composés et publiés :

> L'infortuné se livre à la douleur
> La plus amère ;
> Accablé de son malheur
> Il pleure, il se désespère.
>
> E. B**.

Une réflexion vient ici s'offrir naturellement à mon esprit ; puisque M. *Drolet* veut me nuire, à quelque prix que ce soit, par l'imposture et la mauvaise foi, je lui donnerai le conseil de

composer des vers de sa façon , de les signer de mon nom ;
c'est un moyen infaillible de me vouer à un éternel ridicule.

Rien, jusqu'ici, n'a pu ni dû satisfaire l'envieux dépit de
M. *Drolet*; il ne sait de quel bois faire flèche ; ne voilà-t-il
pas qu'il censure la rime des deux vers suivans du *Fermier
ruiné* :

« Cependant des huissiers la race iscariote

» Sont les gardes d'honneur qui lui servent d'escorte. »

Sur quoi se fonde M. *Drolet* quand il critique avec tant
d'amertume la rime de ces deux vers ? A-t-il raison de prétendre
que les deux vers que je viens de citer riment à peu près , comme
hallebarde et *miséricorde*. Quelle preuve fournirait-il pour
établir son injuste exigeance ? Les lecteurs y verront une preuve
nouvelle de sa mauvaise foi ; car toutes les personnes instruites
sont persuadées qu'il faut parler contre sa conscience pour soutenir que le mot *Iscariote* rime avec *escorte*, comme *hallebarde*
et *miséricorde*. Quoiqu'il en soit , M. *Drolet* ne s'en tient pas à
son objection calomnieuse et malveillante , il ajoute que comparer un usurier à *Judas Iscariote* est une pensée bizarre ,
comme si c'était une pensée bizarre que de comparer un avare
à un autre avare, et de faire allusion à un fait historique ,
connu de l'univers entier ; il n'y a ici de bizarre que l'interprétation du libelliste.

Nous touchons enfin au terme du libelle que M. *Drolet* fait
circuler contre moi , contre celui qu'il appelait jadis son meil-
leur ami, contre celui, au jugement duquel il a soumis ses
ouvrages imprimés et manuscrits , contre celui de qui il disait
dans ses lettres : *j'ai une confiance pleine et entière dans votre
jugement ; parlez sincèrement , et je souscrirai volontiers à votre
décision.* J'ai parlé *sincèrement* ; bien plus j'ai parlé *confiden-
tiellement* , et jamais je n'abuserai de la confiance que m'a témoigné M. *Drolet* ; mais c'est précisément parce que j'ai parlé
sincèrement que M. *Drolet* me déclare une guerre aussi *cruelle*
qu'elle est *impolitique* ; oui , *impolitique* ! J'apprendrai au *petit
bon homme* à qui il a affaire, pour peu qu'il répète son insolence.

L'impuissance où s'est trouvé le libelliste de m'objecter rien de sérieux , le réduit à se dédommager par des invectives qu'il renouvelle à l'occasion du *texte anglais*. Comme il ne peut ignorer qu'il n'y ait que fort peu de juges dans cette affaire , au préalable , il triomphe cruellement , et jouit à l'avance des honneurs de l'ovation. Doucement *l'ami Drolet* ! Doucement ! ! Ne vendez pas la peau de l'ours avant de l'avoir jeté par terre. Vous avez été battu complètement sur la prose et les vers , vous l'avez été plus complètement encore sur le *texte anglais*.

Veut on savoir pourquoi *M. Drolet* m'a traité avec si peu de ménagement , ou plutôt avec tant d'injustice et de sévérité , au sujet du *texte anglais* ? Ce fut pour quatre fautes d'impression ; comme s'il était bien difficile à un imprimeur français , qui n'agit que mécaniquement , de faire quatre fautes d'impression dans une longue citation anglaise ! Les connaisseurs ont été surpris qu'il n'y en eut pas davantage , et la malveillance seule de M. *Drolet* a pu s'étonner de ce qui a paru tout naturel aux lecteurs impartiaux. Au surplus , les fautes d'impression , même en français , ne prouvent pas l'ignorance de l'auteur. Je lis dans Massillon , *célerats* pour *scélerats* , *courtivans* pour *courtisans* , suis-je en droit d'en conclure que Massillon ne savait pas son français ? Mais je perds mon temps de parler raison à M. *Drolet*. Il n'y a pas de si mauvais sourd que celui qui ne veut pas entendre , et qui veut nuire à tout prix , par le mensonge , l'imposture et la mauvaise foi.

Assurément que l'insolence la plus impardonnable de M. *Drolet* fut de me nommer par mon nom , prénoms , qualités et domicile. J'aurais pu lui rendre la pareille ; mais la prudence me donne le sage conseil de ne point exposer ma bonne foi à une périlleuse confrontation ; je ne veux pas que le scandale entre dans la société par mon entremise ; je veux user du droit que j'ai de me défendre , sans compromettre personne , du moins autant que possible.

Quant à l'auteur du libelle que je viens de réfuter , non seulement il n'a pas le courage de signer son nom ; mais il dresse à ma probité le plus dangereux , et le plus astucieux de tous les pièges; il veut que mon soupçon tombe sur M. *L**, juge à Cambrai:* il signe L** avec deux étoiles. Encore une fourberie , encore une imposture! non ! non ! la plume éloquente et polie de M. L** n'a pas produit un libelle si odieux ; il est l'ouvrage d'un vil anecdotier , d'un antagoniste envieux et superbe , en l'honneur duquel nous allons publier l'épitre suivante.

MON RÊVE

OU ÉPITRE EN VERS LÉGERS

A MON AMI DROLET.

Quoi ! pour un maigre auteur que je glose en passant,
Est-ce un crime après tout et si noir et si grand?
BOILEAU , satyre 9.e

Je viens , *ami Drolet,* te raconter un songe
Des plus singuliers ;
Que mon récit te paraisse un mensonge ,
Je le crois volontiers.
Mais commençons notre histoire.
Dans mon lit, étendu , sans aucun pensement (1)
Je dormais profondément ,
Si fidèle est ma mémoire ,
Quand , tout à coup , le temple d'Apollon
S'ouvrit avec quel fracas et de telle façon,
Que plus grande jamais ne sera ma surprise ;
Des sciences , des arts, le divin protecteur
Parut à mes regards éclatant de splendeur ;

---

(2) Ce vers, en caractères italiques , est imité de *Racan.*

Pas possible était la méprise :
Assis sur un trône brillant ,
Il promenait partout un œil étincelant.
Le feu de son esprit brillait sur son visage ,
Les grâces , la beauté composaient son partage ;
Son noble maintien , son port majestueux
Par d'indices certains le signalaient aux yeux.

Son ondoyante chevelure
Est ceinte de lauriers, pour unique parure ;
Ses cheveux blonds , disposés en flocons ,
Sont parsemés de fleur , descendent en festons.
Du Dieu de l'Hélicon la cour étincelante
Se forme des neuf sœurs de la troupe savante.
Jamais rien de pareil ne parut à mes yeux ;
Elles brillaient au loin d'un éclat radieux.
Des guerriers , des savans elles chantent la gloire
Et sur leurs lyres d'or célèbrent leur mémoire.
De leur air imposant la noble majesté ,
De toutes les vertus offre la dignité.

Supéfait d'un tel spectacle
Je croyais voir un miracle :
J'étais timide, interdit :
Le divin Apollon l'apperçut et me dit :
Jeune mortel , pourquoi me craindre ?
Tu n'auras pas à te plaindre
De mon accueil :
Je vois de bon œil
Humble dehors , modeste contenance ;
Mais d'un air suffisant je maudis l'insolence.

Ecoute moi, je vais te révéler
Le secret de pénétrer
Dans les grottes des muses.
Je te découvrirai les ruses
Des sœurs, habitant l'Hélicon ;
Qu'elles te servent d'exemple ,

Elles seules ouvrent mon temple :
Avec ardeur suis leur docte leçon.
Je veux , ajouta-t-il , te montrer , à l'avance ,
Les glorieux destins des savans de la France ;
De ces nobles auteurs qu'honore ton pays ,
Pour leurs grands talens , pour leurs doctes écrits.
Je place au premier rang cet écrivain illustre ,
Qui d'un style touchant, pathétique , enchanteur ,
Sait convaincre l'esprit , sait émouvoir le cœur ,
Lui qui sur sa patrie épand un si beau lustre ;
De la Mennais enfin , rival des Massillon
Des Bossuet , des Fléchier , du tendre Fenelon :
Plus heureux , si doué d'une âme moins ardente ,
Il eut suivi du vrai la carrière prudente.
Le savant Frayssinous , ministre d'un grand Roi ,
Qui de sa dignité règle si bien l'emploi
Que déjà , par ses soins la docile jeunesse
Brille par son savoir , comme par sa sagesse,
Auprès de la Mennais , assis à son côté ,
Partagera l'honneur de l'immortalité. (1)
De Bonald , Lamartine , écrivains politiques ,
Honneur du nom Français et loyaux catholiques ,
De la postérité méritent les regards :
Pour eux je vois l'encens brûler de toutes parts.

      Alors les filles de mémoire
      Par ordre d'Apollon
      De l'échelle de gloire
      Baissant un échelon
Me nommèrent Michaud , historien habile ,
L'enjoué Désaugiers , l'élégant Martainville (2)

---

(1) Son excellence M.gr de Frayssinous possède plusieurs
élémens constitutifs d'un grand homme ; M. de la Mennais fut
proclamé le monarque de la littérature française.
(2) Michaud , historien distingué des croisades , rédacteur
de la Quotidienne ; Désaugiers l'aimable Désaugiers , chanson-
nier royaliste , Martainville , rédacteur éloquent de l'ex-
Drapeau blanc.

D'autres noms , cher Drolet , j'entends prononcer
En vain le tien se fit—il désirer.
Tellement, qu'à la fin, je perdis patience ;
J'eus même la confiance
De faire au Dieu du Pinde une observation ;
Je dis donc au docte Apollon :
Le célèbre *Drolet* , fameux par sa science ,
Echappe à leur prescience.
Phébus me répondit d'un air plein de bonté :
Ce *Drolet* que tu m'as vanté ,
Avec candeur et sincérité
Manque du goût nécessaire
A un littérateur;
Avec un esprit ordinaire
Il veut être excellent auteur :
Il faut prouver ce qu'on avance :
Il a d'un franc poëte et l'air et le maintien ;
Il veut juger de tout et n'en juge pas bien (1)
Envers lui cependant j'userai d'indulgence ;
Je vais citer au hazard
Son épigramme *du cafard* (2)
Je veux que la beauté d'une bonne épigramme
Tire son corps et son âme
Du sel d'un bon mot ;
Je l'ordonne il le faut.
Dans le cafard nulle plaisanterie
Nulle trace de génie.
Drolet pince cruellement ;
Il remaille pésamment.
Son écrit réclamait de gaîté grande mesure

---

(1) Sonnet contre le *duc de Nevers.*
(2) Epigramme lourde et insipide de M. *Drolet* contre un
supérieur.

En place qu'y voit-on ? on y voit force-injure ;
Désormais son écrit c peut avoinr de nom :
Il manque en tout de sel et de raison.

    Du même auteur un mince ouvrage
       Nous offre ce passage ,
    Où se trouvent les vers suivans :
    » Vois-tu le ciel qu'il déploie
    » Parsemé d'astres *charmans* ,
    » Comme un vêtement de soie
    » Enrichi de diamans. (1) »
L'Epithète *charmans* est ici trop mesquine :
Et puis , quel jugement assez superficiel
      Pour comparer au ciel
    Un vil habit , séjour de la vermine ?
       O le faux jugement !
       O le sot raisonnement ! !
       C'est bien là j'espère
    Au Dieu terrible du tonnerre
Comparer le plus vil insecte de la terre ! (2)
Ainsi par la Phébus ; j'étais tout étonné ! ! !
    J'osai dire au Dieu de tempé :
Drolet est habile en différentes langues ;
    Il fait des vers ainsi que de harangues;
Phébus sitôt reprit : en saurait-il mille ,
    C'est bien pour lui connaissance inutile !
      Son esprit froid et compassé
      Son jugement lent et faussé
      Sont des défauts irréparables ,
      A jamais irrémédiables :
      Crois-tu qu'il en soit plus instruit?
      Non ! l'unique et seul fruit
      De son travail sec et aride
Lui remplit le cerveau de mots , l'esprit de vuide ;

---

(1) Plate traduction d'un pseaume par M. *Drolet.*
(2) La poésie legère compose trois rimes immédiates

Donnant à son maintien tournure d'un pédant
A son dehors tout l'air d'un suffisant.
C'est ainsi , cher Drolet , que finit ton chapitre:
Tu sais maintenant à quel titre
Tu jouis du nom d'auteur
Et de littérateur.
Du temple d'Apollon les portes se fermèrent
Avec un tel fracas qu'elles me réveillèrent ,
Tout surpris de la vision
Dont j'ai fait la narration.

E. BREDION.

N. B. Pourquoi faut-il, qu'avec des sentimens pacifiques ,
tels que ceux qui m'ont toujours animé , je sois réduit à la dure
nécessité de publier quelquefois des critiques pour châtier l'impertinence de certains agresseurs audacieux. Quoique ma délicatesse souffre toujours beaucoup , dans cette circonstance , la
faible connaissance que j'ai du cœur humain me donne la certitude que l'insolence des méchans ne ferait que s'enhardir par
l'impunité. Au reste , comme il est contre nature que je
m'abandonne moi même , mes adversaires peuvent perdre tout
espoir de triompher de ma patience , à moins que *l'injustice et
la violence* n'exercent contre moi leur empire odieux et tyrannique ; alors nous céderions à la nécessité : *nos quoque cedamus
necessitati;* mais j'ai la certitude que la noblesse et l'élévation des
sentimens des personnes illustres qui ont en main l'autorité ,
s'empresseront toujours de se déclarer les protecteurs zélés de
la vérité et de la justice , contre les manœuvres du mensonge et
de l'imposture.

Telle est la confiance que j'ai dans la bonté de ma cause , que
j'ose ici invoquer pour juges tous mes lecteurs impartiaux.
Rien n'est plus vrai que je porte *toujours* et *partout* l'envie
d'être utile et agréable à mes semblables : je puis donner le défi
à qui que ce puisse être de lui avoir fait jamais le moindre
manquement. Plus de vingt-fois j'ai rencontré dans la société de

ces hommes égoïstes qui m'ont révolté par leur accueil outra-
geant ; je m'en suis vengé par des caresses sincères et affectueuses
qui n'ont produit d'autre effet que l'ingratitude sur ces âmes
grossières et boueuses. J'ai rencontré dans la société des hommes dont l'ignorance prodigieuse m'épouvante ; j'ai reçu patiemment leurs leçons et leurs remontrances , me gardant bien
de faire sentir leur médiocrité honteuse et présomptueuse , en
souscrivant volontiers à leurs décisions aussi orgueilleuses
qu'elles étaient absurdes. D'un autre côté , j'ai été consolé par
les bons traitemens et la considération dont m'ont honoré cons-
tamment les hommes de mérite de ma connaissance , sans en
excepter un seul. Des hommes que l'Europe entière a proclamé
illustres , ont donné les éloges les plus précieux à mes faibles
écrits ; voilà ma consolation contre les attaques des *Drolet*,
des *Abeilsot* et des *Papillonnis*.

Ode

LE ROI CHARLES DIX

PRÉSIDE

les grandes Manœuvres

DU CAMP DE SAINT-OMER,

En septembre 1827. (1)

Air: *O vous mortels, qui dans le monde.*

Fidèle Artois ! digne apanage
De Charles Dix , le Bien-Aimé ,
Tu reçois en ce jour le gage
De sa paternelle bonté.
O guerriers ! votre chef suprême
Vient lui même vous commander.
Que l'éclat de son diadême (*bis*)
Soit l'astre qui doit vous guider !

---

(1) La première édition , de l'ode ci-dessus étant épuisée ;
je publie cette seconde pour satisfaire les demandes qui me sont
adressées. La voici telle qu'elle a mérité d'augustes suffrages.

Si jamais le Dieu de la guerre ,
Dans sa belliqueuse fureur ,
Revenait désoler la terre
De son fléau dévastateur ,
En avant ! phalanges terribles ,
Moissonnez de nouveaux lauriers :
Chargez , escadrons invincibles ; (*bis.*)
Illustres et nobles guerriers !

J'ENTENDS la trompette guerrière
Assembler nos fiers escadrons ;
Et déja je vois la bannière (*)
De nos courageux bataillons.
Le formidable pas de charge.
Donne le signal du combat ;
L'ardeur d'un généreux courage (*bis*)
Electrise chaque soldat.

L'AIRAIN mugit , la foudre tonne ;
Le fer brillant luit dans les airs.
L'on croit que la fière Bellonne
Revient effrayer l'univers.
Soutiens de l'autel et du trône !
Généreux et vaillans soldats
Des lys défendez la couronne (*bis*)
Dans vos victorieux combats.

BELLIQUEUX enfans de la gloire ,
Sans crainte affrontez le trépas ;
Tout Français chérit la victoire :
Pour la mort , il ne la craint pas.

(*) Le mot BANNIÈRE , dans le style noble , et surtout dans
l'ode , signifie Enseigne , Etendard ; c'est dans ce sens que J.-
B. Rousseau dit : « *Des guerriers la noble bannière.*

Ici l'humanité frissonne
A l'aspect d'un pareil danger.
Guerriers! que la mort environne, (*bis*)
Vous paraissez n'y point penser.

GUERRIERS que l'univers admire!
Agréez mon timide encens.
Qu'Erato chante sur sa lyre
Les Français braves en tout temps.
Goûtez, dans une paix profonde,
Un doux et glorieux repos;
Si la guerre trouble le monde, (*bis*)
Soldats! montrez-vous des héros!

E BREBION.

FIN.

A CAMBRAI, CHEZ S. BERTHOUD, IMPRIMEUR DU ROI.

Réflexions consolantes

SUR

LE RÉSULTAT DES ÉLECTIONS DE 1827.

Monsieur le Rédacteur,

Au milieu de tant d'attaques injurieuses à la cause religieuse
et monarchique, que *le parti libéral a répandus* avec une coupa-
ble profusion, dans ces jours d'élections *des députés*, d'où dépen-
dent en quelque sorte, sinon les destins, du moins le sort
momentané de la France, qu'il me soit permis de publier ici
quelques réflexions qui sont de nature à rassurer les gens de bien
contre des craintes, qui, venant à s'augmenter, deviendraient
désespérantes, et finiraient peut-être pas jeter le découragement
dans le cœur des amis de l'autel et du trône ; de sorte que les
ennemis de l'ordre et de la légitimité n'auraient même plus à
triompher de la moindre résistance de la part des défenseurs de
la religion et de la légitimité.

C'est un fait incontestable que *le parti libéral* a remué ciel et
terre pour obtenir des élections qui lui fussent favorables :
c'est un autre fait que ses manœuvres ont été couronnées d'un
succès qui a surpassé ses espérances. Il ne nous appartient pas
d'examiner ici si les moyens employés par les libéraux ont été
bien délicats. Les lois imposées par la délicatesse ne sont pas
celles qui gênent le plus ces Messieurs ; mais tout ce qu'il
importe de savoir, c'est qu'à l'aide de ces moyens, qu'il ne nous
appartient pas de qualifier, la France religieuse et monarchique
est toute étonnée de remarquer dans ses représentans, une
majorité d'hommes, qui sont assurément toute autre chose que
religieux et monarchiques, à moins qu'une heureuse conversion

ne les ait changés : nous verrons par la suite à quoi nous en tenir à cet égard ; *videbimus infrà.*

Notre intention ne peut-être non plus d'examiner s'il n'y a pas ingratitude, ou du moins incongruité à user du bienfait des élections, contre l'intention manifeste du monarque bienfaiteur dont l'auguste frère nous a octroyé la Charte : mais nous demandons pourquoi se plaindre avec tant de fiel et d'amertume du choix que le gouvernement avait fait des présidens du collèges électoraux ? Pourquoi en faire retomber l'odieux *imaginaire* sur le ministère ? C'est apparamment parceque les ministres sont respectables, et que la majorité du trône est inviolable ? Mais, de bonne foi, est-il probable que, dans une occasion si grave, le roi soit demeuré étranger au choix, ou du moins à l'approbation des présidens des collèges électoraux ? Faisons ici abstraction de ces distinctions, que l'on sait être métaphysiques pour l s libéraux, et ne craignons pas d'assurer que l'inviolabilité du monarque chéri qui nous gouverne, avec tant de bonté et de douceur, a pu *seule* lui servir de bouclier contre l'injure réelle et grave, je dirai presque contre l'attentat audacieux et imprudent des élections libérales.

Qu'on ne s'y trompe pas ; les attaques violentes dirigées contre le ministère avec une persévérance si cruelle, un acharnement si brutal, signifient plus qu'elles ne disent : c'est un bouleversement général que desirent les politiques *égoïstes*, afin d'occuper les places que convoite leur ambition demésurée ; c'est la guerre *de ce qui n'est pas*, *contre ce qui est* ; c'est la réalité ministérielle qui lutte contre le possible immense qui renferme tant de prétentions aux charges de l'état ; dès lors il n'est pas étonnant que le ministère ait un grand nombre d'adversaires qui spéculent sur sa ruine. Les uns se croient capables d'être ministres, les autres d'être préfets, sous-préfets, généraux, colonels, officiers ; mais comme l'occupation de ces places stables, est réglée jusqu'au changement d'un ministère, il en résulte naturellement cette commotion violente des ambitions particulières et individuelles qui tend au changement ou à la destruction d'un ministère dont on ne peut rien espérer, à cause des mauvaises opinions qu'on professe, et qu'on ne veut pas abandonner.

Il est de l'essence d'un gouvernement monarchique, même constitutionnel, que le ministère soit l'organe du trône. Le ministère est l'organe du trône aussi nécessairement que les cinq sens sont les organes de l'âme. Un individu quelconque à qui on banderait les yeux pour le priver de la vue, ne serait-il pas réellement injurié, quelque subtilité métaphysique qu'on alléguât pour pallier cette offense véritable ? Soyons persuadés que la persécution d'un bon ministère est injurieuse, proportion gardée, à la majesté du trône.

Osons ici défendre un ministère fidèle que des accusations atroces et calomnieuses signalent tous les jours à l'animadversion publique ; pesons un instant sur cette importante question que nous examinerons avec l'impartialité d'un homme qui n'a aucun intérêt personnel dans les graves et importantes circonstances où nous nous trouvons.

Parmi les raisons nombreuses, ou plutôt, parmi les prétextes multipliés que *l'extrême droite* et *l'extrême gauche* invoquent contre le ministère, on doit placer au premier rang, et comme la cause de leur mécontentement *la réduction des rentes*. Mais la réduction des rentes est une loi, conçue dans l'intérêt et exécutée au profit du gouvernement. C'est une loi monarchique qui ne fait un tort réel qu'à un très-petit nombre d'individus. Mais il n'est aucune loi possible, dans la sphère politique, qui ne nuise ou ne puisse nuire à quelques particuliers. L'amour de la patrie doit l'emporter sur celui des individus. Admirateurs enthousiastes des Romains ! libéraux généreux et magnanimes, montrez-vous un peu plus patriotiques, dans le vrai sens de ce mot, et souffrez que l'édifice d'un gouvernement dont la stabilité fait toujours le bonheur, ne soit pas à la merci de quelques égoïstes avares, qui ne rougiraient peut-être pas de péculer, dans les circonstances difficiles, sur la gêne du gouvernement.

Que la mauvaise foi n'allègue point ici l'exemple de l'Angleterre dont le gouvernement paye aux capitalistes un cours annuel bien plus élevé que celui que le ministère a réduit à *trois du cent.* Nulle comparaison ne peut être raisonnablement établie entre le gouvernement français et le gouvernement britannique., relativement au cours de rentes sur l'état. Le gouvernement français est essentiellement agricole. Le numéraire n'y obtiendra jamais qu'un genre d'industrie accessoire. En Angleterre, au contraire, le commerce, basé, sur le numéraire, est nécessairement l'essence de la prospérité publique. Un territoire d'une étendue très-resserrée, d'une qualité très-médiocre, propre seulement pour la nourriture de quelques troupeaux de bœufs et de moutons, ferait du peuple anglais le plus pauvre gouvernement du monde, s'il n'avait, à l'extérieur, des élémens de prospérité commerciale.

Il est remarquable que cette prospérité commerciale de l'Angleterre est due à sa position géographique, qui la met en point de contact avec toutes les nations du monde civilisé. Les anglais de nos jours remplacent, dans le commerce, les Phéniciens, si célèbres dans l'histoire ancienne. Le perfectionnement des arts facilite d'une manière prodigieuse les communications maritimes. D'un autre côté, les produits indigènes de l'Angleterre, manufacturés dans ses ateliers ; et qui sont des nouveautés pour les peuples enfans du nouveau monde, ont acquis un développement prodigieux, surtout en fer, en acier poli, en tulles, en fil, etc., à l'aide de ces machines admirables qui sont des inventions dues au génie anglais, et qui, quoiqu'on en dise, n'ont à redouter qu'une bien faible rivalité de la part du commerce français, et autres gouvernemens européens.

Soit que le gouvernement britannique prête à intérêt aux capitalistes de l'Angleterre, soit au contraire que les capitalistes anglais prêtent au gouvernement protecteur, il en résulte toujours un motif puissant d'une intelligence mutuelle et réciproque. Faute de protection de leur gouvernement, il est nécessaire que les marchands anglais succombent, faute de fonds

directs ou indirects , versés par les négocians , il est tout naturel
que le gouvernement britannique succomberait lui même ,
exposé à subir le sort d'épuisement , et par suite celui de
destruction.

Des principes que nous venons d'établir , et qui sont connus
de la France entière , et qu'il n'est point permis aux ennemis
du ministère d'ignorer , il suit que , lors même que les ministres
du gouvernement anglais payeraient *cinquante pour cent* des
fonds pécuniers qu'ils emprunteraient légalement aux négocians
britanniques , ils pourraient encore en tirer un profit notable ,
à l'avantage de leur gouvernement ; soit à cause du patronnage
rétribué qu'ils accordent à de certaines sociétés privilégiées ;
telle est , par exemple , la compagnie des Indes , etc..... ; soit
en faisant construire des vaisseaux publics , dont la location
à bail, équivaut souvent le prix de leur construction ; soit enfin ,
par cent autres moyens , étrangers au commerce français. Ré-
clamer du gouvernement français la même prospérité commerciale que les anglais , c'est plus qu'une exigeance , c'est une
absurdité. Au surplus , *la conversion des rentes* ne fait une injure
réelle à personne ; employez , le mieux que vous le pouvez , vos
ressources pécuniaires , il n'y a pas de doute , que le ministère ,
que vous persécutez avec tant d'injustice , s'empressera de vous
offrir sa bienveillante protection.

Après la loi sur la conversion des rentes , celle qui parait le
plus indisposer les libéraux contre le ministère est la proposition qu'il a faite ou qu'on lui attribue , *sur le droit d'ainesse.*
Mais cette proposition vient-elle réellement du ministère ? Bien
loin d'être un attentat a *la liberté publique* , comme on la quali-
fie , elle est au contraire une nouvelle preuve qui démontre l'intérêt que le ministère met à l'affermissement de la *monarchie
constitutionnelle.* Que pourrait renfermer de si dangereux et de
si blâmable la proposition *sur le droit d'ainesse ?* Quant à moi ,
j'y ai vu , autant que la faiblesse de mon esprit a pu me le per-
mettre , le projet d'une loi aussi honorable qu'avantageuse pour
les électeurs actuels de la France , puisque la loi en question ,

garantissait un titre suffisant, pour, perpétuer, dans chaque
famille, la qualité électorale, base du gouvernement repré-
sentatif; mais puisque l'attachement naturel des pères et mères
a prévalu dans cette circonstance, *sur l'intérêt politique des*
aînés de leur maison, soyons assez justes pour ne pas outrager
un ministère, pour la présentation d'un projet d'une loi toute
monarchique et toute constitutionnelle.

Enfin, l'année dernière, *le projet de loi sur la répression des*
délits de la presse, que le ministère a proposée, parait avoir
exaspéré les esprits à leur comble, et indisposé notamment les
constitutionnels outrés, ou, si l'on veut, les révolutionnaires;
car, il n'y a entre eux aucune différence; mais encore une
fois, quel serait donc ici le crime du ministère? Justement
effrayé de la licence de la presse périodique, n'a-t-il pas dû
tenter, du moins, quelques mesures salutaires pour s'opposer à
ces ravages destructeurs et vraiment effrayant, pour la religion
et la monarchie? Il est hors de doute que, si le projet de loi
eût été adopté nous n'aurions pas aujourd'hui a redouter l'influence d'une élection libérale et anti-monarchique. Voilà un fait
qui fournira à la légitimité des réflexions efficaces, dont le
résultat pourrait bien contrarier un peu la révolution, dans sa
marche triomphale.

Si nous résumons les raisons, ou plutôt les prétextes de
l'acharnement de *l'extrême droite* et de *l'extrême gauche* contre
le ministère, nous trouverons que ces raisons sont nulles, et
que ces prétextes sont vains. L'injure n'est pas une raison, ni
un charivari un raisonnement. En fait de politique, comme en
fait de littérature, ce sont les faits qui parlent: amas d'injures,
mauvaise critique; prodigalité d'éloges, mauvaise louange.
J'aurais beau dire, par exemple, que *Benjamin Constant* est
un *bon catholique*, il n'en serait pas moins un *zélé protestant;*
j'aurais beau assurer encore que M. *Drolet* est un *bon écrivain*,
les faits prouveraient qu'il n'est qu'un des *laquais d'Apollon* et
le violateur des muses indigènes. Les hommes vraiment reli-

gieux et monarchiques conviennent *unanimement* que les intérêts
du ministère sont entièrement liés avec ceux de la monarchie ;
et les évènemens récens qui viennent de se passer , bien loin
d'assurer le triomphe du *libéralisme* contre le *ministérialisme* ,
comme quelques partisans auraient pu se l'imaginer , ne font
que réaliser les craintes d'un ministère prudent et courageux ,
qui n'aurait point eu à déplorer un choix libéral , si l'agiotage
des journaux révolutionnaires eut été anéanti par l'adoption du
projet de loi *sur la répression des délits de la presse.*

Au reste , il faudrait être aveuglé par une présomption aussi
téméraire que ridicule et illusoire pour penser qu'un gouvernement *essentiellement,* religieux et monarchique, céderait le pas à
une tourbe d'agioteurs dont la vénalité est le seul principe ; qui
spéculent sur tout ; peut-être même sur la faim d'une ville
populace , qui se livre , d'après leurs ordres perfides , à des
joies tumultueuses et homicides pour célébrer le beau triomphe
des libéraux sur les royalistes. Mais point d'illusion , ô pertur-
bateurs impudens et criminels ! La majesté et l'initiative
royales , dans la présentation des lois , vous arrêteront dans
vos coupables projets. Des ordonnances contemporaines et
révocables , dont la durée est illimitée , suffiront pour gouverner sagement la France , durant le règne éphémère de
quelques mois , pendant lesquels vous aurez le loisir d'éventer
vos desseins dangereux et imprudens. Vos journaux pourront
bien encore , d'ici au jour de la justice , exercer leur influence
peu délicate , sur la faiblesse de la propriété , comme sur la
médiocrité des talens ; mais veuillez vous persuader que cette
influence de vos feuilles audacieuses sera signalée à la majesté
du trône , comme la corruptrice de tous les sentimens honnêtes,
religieux et monarchiques ; et que si elles n'ont été anéanties par
une loi stable du royaume , elles le peuvent être par une ordon-
nance révocable , dont la durée peut être de plus de cent ans.
Que les bons français soient calmes et tranquilles ; le gouvernement sait trop se respecter pour composer , *un seul instant* ,

avec une faction, ennemie *naturelle* de la légitimité et de la religion de nos bons vieux pères : dans cette circonstance, comme dans tant d'autres, il ne faut que *force, courage, et persévérance :* Ainsi soit-il !

Agréez, Monsieur le rédacteur, etc.

E. BREBION.